TIEMPO PERDIDO

Rosario de Acuña

AL PÚBLICO

Mucho tiempo hace ya, público insigne, que no escuchas mi palabra, y como en ello creo que hay un perjuicio para mí, por más que para ti haya una ventura, cojo la pluma deseando que así como yo tengo interés en hablarte, lo experimentes al escucharme, habiendo de este modo suerte para los dos y honra para mí; no supongas, sin embargo, que de los rincones de mi cerebro han de salir cosas que te dejen asombrado o caviloso; nada de eso: piensa solamente, al leer lo que yo escribiere, que mi intención es hacerte pasar algunos ratos de tiempo perdido por medio de asuntos ligeros y de poca importancia, y ya con este pensamiento, ni tú verás en las páginas de este libro motivo para aburrirte, ni yo tendré el pesar de haberte aburrido.

Mira en lo que vas a leer tanta insignificancia como falta de pretensión, y si al terminar las desaliñadas páginas has conseguido suprimir en el reloj de la vida algunos minutos de fastidio, por cumplidos doy mis deseos de haberte hablado.

Érase una tarde del mes de noviembre; recios copos de nieve caían en las extensas llanuras de la Mancha, vistiendo de blanco ropaje los humildes tejados de un pueblecito, cuyo nombre no hace al caso, y cuyos habitantes, que apenas pasaban de trescientos, tenían fama por aquella comarca de sencillos y bonachones.

-Apresuremos el paso, que el tiempo arrecia y aún falta una legua –decía un jinete caballero en un alto mulo a un labriego que le acompañaba sobre un pollino medio muerto de años; arreó el labriego su cabalgadura, y con un mohín de mal humor, sin duda porque la nieve le azotaba el rostro, se arrebujó en su burda manta, encasquetándose el sombrero hasta la cerviz, y diciendo de esta manera:

-Vaya, vaya con don Gaspar, y qué rollizo y sano que se nos viene al pueblo; ya verá su merced qué contento se pone don Melchor cuando le vea llegar tan de madrugada; según nos dijo ayer, no se esperaba a su merced hasta esotro día por la tarde; nada, lo que yo digo, esta Nochebuena estamos de parabién; todas las personas de viso se nos van a juntar en la misa del gallo; digo, si no me equivoco, porque parece que también el señor don Baltasar está para llegar de un momento a otro…

-Es cierto, Martín –le contestó el llamado don Gaspar-. Mi hermano Baltasar ya estará en camino para el pueblo, según lo que me escribió a Santander… pero arrea, que tengo gana de abrazar a mi hermano Melchor, después de dieciocho años de ausencia.

El que así había hablado tendría unos treinta y cuatro años [la autora, por entonces, unos treinta], y era un mozo gallardo, de buena cara y buena presencia, que se expresaba con soltura y facilidad, como todo aquel que vive en el bullicio de la sociedad, y ya que no otra cosa, recibe de ella cultura y gracia; su fisonomía correcta y expresiva pudiera ser simpática sin la viva luz de unos ojos negros y relucientes donde se adivinaba al hombre sensualista por excelencia, émulo de Lúculo en la intemperancia [en referencia a Lucio Licinio Lúculo político romano que vivió en el siglo I a.C., famoso por la opulencia de los banquetes que ofrecía], y más amigo de una buena moza que de resolver un problema científico. ¡Cosa singular!, al oírle nadie diría que don Gaspar era dueño de su cara y de sus acciones; tal era la diferencia que existía entre los componentes de su entidad.

Dejémosle, en compañía del tío Martín, camino de su pueblo natal, y contemos la historia de estos tres hermanos, necesaria como antecedente a lo que más adelante vera el lector, si en ello se fijase.

Melchor, Gaspar y Baltasar (puestos por orden de edades) eran hijos de un rico labrador, el cual, escrupuloso católico con sus ribetes de teólogo, buen marido y cariñoso padre, les dejó a su muerte una haciendita muy saneada y cumplida, a más de un apellido honrado aunque oscuro, y un nombre de pila que correspondía al que llevaban cada uno de los Reyes Magos que, siguiendo el rabo de la estrella anunciadora, dieron de manos a boca en el consabido pesebre; el capricho de ponerles tales nombres, lo tuvo el viejo para que en los únicos tres hijos que le dio el cielo, quedase representada la adoración que el paganismo del Oriente rindió a las santas verdades de la fe.

Huérfanos los tres reyes, es decir, los tres hermanos, mozos todos y algo codiciosos de mundo, trataron de su porvenir ajustándose a lo que el mayor les propuso, como lo que mejor cumplía a sus deseos y aspiraciones; hicieron tres partes del caudal paterno, vendieron dos, repartiéndose entre los tres todo el producto; la tercera, afianzada y entregada la administración a un honrado amigo de su difunto padre, quedó a modo de reserva para aquel de los tres que primero se cansare de correr tierras, siempre con la obligación de guardar casa y mesa para los hermanos ausentes; hechos estos negocios, y cuando el mayor apenas contaría veinte años, después de una despedida no muy tierna, pues, como mozos y llenos de ilusiones, no suponían los riesgos de la vida, tomaron cada uno su derrotero, diciendo al salir de su pueblo, si bien cambiando de tiempo y de lugar, lo que el famoso conquistador : llegaremos, veremos y venceremos. .

Han pasado dieciocho años de lo que queda dicho. Don Gaspar era esperado en la casa solariega, habitada por don Melchor, el mayor de los tres hermanos y el primero se recogió a los paternos lares: he aquí de qué manera.

Apenas salido de su pueblo, fuese a Madrid, donde empezó el estudio del Derecho, que no continuó, porque haciéndose amigo de un sagaz jesuita, dio en la manía de darle oídos, reverenciando como verdad cuanto se le antojaba decir al astuto padre, el cual influyó en la determinación de don Melchor haciendo que se volviese a su pueblo a disfrutar de la parte de hacienda que, como reserva, habían dejado los hermanos; y sin más pensarlo, a los cuatro años de salir de aquel rincón de la Mancha, volviese don Melchor a su casa, hecho un teólogo de primera fuerza, gracias a las aprovechadas lecciones del reverendo don Agapito, para quien se pudo conseguir el curato de la aldea, pues sin duda el pastor no quiso abandonar a la recién conquistada oveja; mas no fue tan listo don Agapito que no se descuidase un punto, y en éste, don Melchor, que, como joven, era dado a todos los placeres de la vida, hizo conocimiento con una moza, si no bella, por lo menos graciosa; y tanto pudo en él la gracia de aquella Eva, que sin más ni más, urgiéndole regresar al pueblo, en cuya parroquia estaba instalado don Agapito, se encaminó con ella a la casa de sus mayores, y sin duda por ahorrar gastos de boda, o por parecerle mal casarse con quien traía cual manceba, lo cierto es que don Melchor la presentó como su legítima mujer, aunque en realidad no lo era, y hasta el mismo don Agapito tuvo que tragarse la píldora, so pena de perder el curato conseguido por la influencia de don Melchor; y aquí comienza el cuento.

Apenas llegados los viajeros, y después de los abrazos, apretones, golpes y demás contusiones que se reciben de los sencillos lugareños, y pasado el período de los besos del sobrino (don Melchor tenía un hijo), y aquello de: "Tomarás algo". "Unas sopas de leche". "Ya verás cómo hemos puesto la huerta y qué fácilmente sacamos agua de la noria". "Si parece mentira que hace dieciocho años eras un chico..." ¡Y todo el acompañamiento de frases expresivas propias de una familia cariñosa y elocuente!, instalose don Gaspar en el cuarto que de mozo tuvo, despojándose de mantas y capotes, para bajar al comedor, donde, según suponía, le esperaba el suculento desayuno; chocole al nuevo huésped de aquella casa el primoroso y acicalado altar con que estaba engalanado su cuarto, pero creyendo que sería alguna novena perentoria que celebraba su cuñada, y que por falta de habitaciones se había instalado en su aposento, pasó por alto el suceso sin darle más importancia, y bajó al comedor, llevando en su labios una sonrisa irónica que brotó al contemplar los escarolados lazos y almidonadas velas de aquel altar cuyo remate era una paloma de azúcar-cande que llevaba en el pico una estrella de hoja de lata con un sendo rabo de papel dorado. ¡No sabía don Gaspar la tortura de imaginación que le había costado a don Melchor aquel monumento simbólico de refinado misticismo!

Ya esperándole en la mesa, aunque no sentados, fue recibido don Gaspar con un "Vamos, descúbrete", y cuál no sería su asombro al encontrarse, más que en el comedor de su antigua casa, en un verdadero refectorio de monjas capuchinas; aunque limpios los manteles y limpia la vajilla, no se vislumbraba en la mesa más que el moreno pan y los trasparentes vasos, y a juzgar por el frente del comedor, ocupado por una tribuna y un San Lorenzo, el desayuno debía ser más para benedictinos que para un viajero hambriento y despreocupado.

Descubrióse don Gaspar, echando mano a la prudencia, más por alarde de educación que por movimiento de cariño, y empezó la bendición del refrigerio, dada por el padre cura, hombre como de cuarenta años, gordo como bellota, pequeño en demasía para la circunferencia del abdomen, y de tan rubicundo color, que a no demostrar su estado la negra hopalanda [vestidura que llegaba hasta los talones muy holgada y pomposa] que vestía, hubiérasele tomado por un honrado expendedor de uvas machacadas.

Terminada que fue la ceremonia, y escuchada con humilde recogimiento, dio principio el almuerzo, mientras el hijo de don Melchor se encaramaba en el púlpito, leyendo con destemplada voz, interrumpida por bostezos frecuentes, la vida del santo del día y que, a decir verdad, parecía poco a propósito para excitar el apetito de los comensales. Don Gaspar apenas volvía del asombro que le causaban aquellos hechos: callóse como pudo lo que se le venía a la boca y rabiaba por decir, y empezó a mascullar un potaje de lentejas, si bien ricamente aderezado, falto de sustancia, y cuando se disponía a emprenderla con una fritada de abadejo díjole don Melchor:

- No mezcles, Gaspar; no mezcles; como suponía que vendrías necesitado del viaje, mandé que para ti hiciesen hoy comida de carne, y ahora te traerán una perdiz y de postre un par de mantecadas, porque, ya ves tú, el ser viajero te disculpa, ¿Verdad, padre?

- Es cierto, don Melchor, su hermano puede comer hoy de carne, y esto le prueba a usted, don Gaspar, lo mucho que le quieren, cuando así se alteran las costumbres de esta santa casa.

Esto contestó el cura, a tiempo que don Gaspar trinchaba una perdiz cocida con calabaza e ínterin el rapa lector contaba la manera con que el santo raía la podredumbre de sus úlceras con el casco de un melón que por acaso se encontraba a la puerta de su gruta; no sabemos si por la analogía que halló don Gaspar entre el melón del santo y la calabaza de la perdiz, o por el recuerdo de haber alterado las costumbres de aquella santa casa, lo cierto es que de las profundidades de su estómago subiéronle a la garganta ciertos nudos y congojas que le obligaron a retirarse bruscamente de la mesa, apartando de sí la desaliñada perdiz, diciendo con destemplado acento:

- ¡Por Dios, hermano, que nunca creía yo encontrar en nuestra casa tan estrafalarias costumbres y tan ridículos recibimientos!

Como si una bomba hubiese reventado sobre la mesa, levantáronse todos bruscamente quedando cada uno en la más horripilente actitud.

- ¿Cómo es eso, Gaspar, te repugnan los cristianísimos ejemplos de esta casa? – dijo don Melchor, con la vibrante palabra de un hombre henchido de ira.

- Más prudente debías haberte mostrado – añadió la cuñada-, y siquiera por educación podías conformarte con nuestro modo de vivir.

- Señora, bastante educación he mostrado tomándola como hermana, cuando…

- Vamos, vamos, don Gaspar… -interrumpió el cura-. Menos palabras y más prudencia, no olvide usted que ésta es la casa de su hermano…

- Y la mía –gritó don Gaspar, perdiendo ya los estribos.

- La tuya sería, si no fueses un hereje, como lo demuestra tu desacato y descompostura. ¿Se te ha ofendido en algo para que demuestres tal desagrado?

- Pues bien; sí, y muy grande que le tengo; pase por el mamarracho que habéis puesto en mi cuarto; pase por las bendiciones y salmos del padre cura, y por lo de no mezclar carne y pescado, que al fin y al cabo el estómago lo gana en indigestiones; pero eso de estar recreándome el oído con cuentos de gusanos, salamandra y otras asquerosidades, mientras paladeo manjares y viandas, ni es lícito, ni decoroso, ni puedo pasarlos, ni…

- ¡Hombre! ¡Hombre! ¡Hombre! ¡Parece mentira! –dijo don Melchor con la misma ironía y mientras el chico se aprovechaba de la confusión para llenarse los bolsillos de pasas y la cuñada hacía aspavientos de asombro como si oyera en don Gaspar al mismísimo Lucero-. Hombre, ¡que tú seas tan meticuloso y delicado en estas cosas que atañen a la materia! Tú, famoso pontífice del espiritualismo más refinado, para quien no existe otra cosa que alma y conciencia, y para quien todos los movimientos de la carne parten de una entidad espiritual, partícula invisible del Alma eterna, toda esencia, toda pensamiento, toda incorpórea; ¡que lo dijera Baltasar, que, según me han dicho, es un médico materialista hasta la médula de los huesos, pero tú, hombre…!

- Pues ahí verás –dijo don Gaspar, asombrado de la perorata de su hermano, a quien no suponía con tales dotes de talento, y conteniendo otra vez los impulso de su desagrado en los límites de la buena educación-. Yo lo digo y lo repito: ¿qué tiene que ver con mis creencias sobre la inmortalidad y espiritualidad del alma, el que me guste comer y beber bien, sin que me regalen al oído con cuentos de vieja…?

- Bien, hombre, así me gusta verte, francamente ateo mejor que hipócrita católico; pero has de saber, hermano Gaspar, que en esta casa, que fue de nuestro padre, y que gracias a Dios ha sido mía primero que de vosotros, impertérritos adoradores del mundo y sus vanidades, somos buenos cristianos, buenos creyentes en Dios, en los santos y en todo eso que tú llamas cuentos de vieja, y que como no es cosa que por un perturbado individuo se trastorne toda una honrada familia, o tendrás que participar, respetándolas, de nuestras costumbres, o buscarás sitio más a propósito para tus descabelladas ideas y extravíos.

Y esto diciendo, se sentó don Melchor, con lo que todos le imitaron; prosiguió el rapaz la historia del santo y de sus llagas, y siguióse comiendo el delicado desayuno. Apartó don Gaspar bruscamente su silla, murmuró una palabra no se sabe si de ira o de desprecio, y salió del comedor dando con brevedad la orden de que llevasen su equipaje a la única posada del pueblo.

Como es de suponer, hubo un escándalo mayúsculo en la localidad con la acontecido en casa del alcalde, que alcalde era el hermano de don Gaspar; las hablillas y suposiciones menudeaban de lo lindo, y hasta hubo quien dijo que al salir don Gaspar de su casa, le asomaba por cierta parte la punta de un rabo descomunal, que sin duda se le desató de la cintura cuando escuchó las bendiciones del bueno de don Agapito; mas como todo pasa en el mundo, pasó la efervescencia que causó aquél acontecimiento, y volvióse cada cual a sus faenas, no sin santiguarse, viejas y chicos, cuando pasaban por la puerta de la casa que compró don Gaspar.

Digamos algo sobre este personaje. De genio emprendedor y aventurero, así que salió de su pueblo, joven de dieciséis años, se embarcó para la América del Sur, donde, luchando sin cesar con las contrariedades de la vida y las asperezas de aquellos climas, consiguió al fin crearse una regular fortuna, que, después de dieciocho años de ausencia, traía a su patria con el fin de disfrutarla. Decir los lances, las aventuras, los peligros y contratiempos de la arriesgada vida que sufrió en aquellas tierras, fuera largo trabajo; baste saber, para los fines del cuento, que su naturaleza bien constituida, las dotes de su inteligencia despejada y audaz, y los contrarios elementos en que se desarrollaron estas cualidades, le formaron un carácter independiente, despreocupado, generoso y a la par egoísta, despegado; las selvas vírgenes del Brasil, con sus innumerables peligros, y el Océano Atlántico con sus violentas tempestades, le hicieron conocer de cerca la muerte, y de aquí el desprecio soberano que mostraba a la vida en sus manifestaciones exteriores, teniéndola más bien que como fuente de todos los placeres, como estorbo de todas las aspiraciones; de imaginación vigorosa y desarrollada en medio de una naturaleza salvaje y de una sociedad mezcla de todos los vicios y todas las virtudes, de todas las sencilleces y todos los ardides, su fantasía no encontró el límite exacto de las condiciones de vida, y volando más allá de lo conocido, penetró en las regiones de lo vedado, creando en ellas una religión apasionada, entusiasta e intransigente hacia todo lo que no fuese sublime y grande, con alejamiento absoluto de las pequeñas causas, hasta un extremo tal, que para él todos los movimientos de la materia eran las expresiones manifiestas del espíritu, único responsable, autor y repartidor de las consecuencias. Mas como la vida, en los climas en que se desarrolló la de don Gaspar, tiene apremiantes necesidades, de aquí que inconscientemente, renegando de todo lo que contribuye al placer de los sentidos, fuese don Gaspar el más perfecto sensualista de cuantos rinden culto a las prerrogativas de los gustos materiales; su mesa era más bien la del suntuoso magnate que la del misántropo pensador; sus mujeres, que siempre procuraba fuesen las más hermosas, se llevaban la mejor parte de su fortuna, y el lujo y comodidad de su casa eran el perfecto fac simile de aquel caos en que vagaba su inteligencia soñadora y resuelta.

Adorador de un Dios creado en su fantasía, incorpóreo, perfecto en cuanto se relacionaba con el alma, presentido a través de las soledades de las Pampas, y en los ventisqueros de los Andes, sentía una repugnancia avasalladora hacia todo otro culto que no fuese el de los grandes elementos de la naturaleza, comparando cuantos religiones existen en la tierra a las rarezas de un monomaníaco que le diera por vestir de papel dorado el cráter del Vesubio, o de cruzar sobre un endeble corcho el Océano Pacífico. Júzguese, pues, el asombro, la rabia y el desprecio que hacia los suyos sentiría al encontrarse en medio de lo que él llamaba supersticiosa idolatría, y con cuánta indignación se rebeló ante la perspectiva de un forzado ayuno a favor de un Dios en quien no creía y para cumplir con un precepto tan ajeno a las indomables necesidades de su organización. Don Gaspar, después de romper seriamente con su hermano mayor, compró la mejor casa del pueblo, e instalándose en ella, según decían, por breve espacio de tiempo, esperó la vuelta de don Baltasar, el menor de los tres hermanos, que, según se sabe, era uno de los más afamados médicos del extranjero.

Próxima ya la Nochebuena y en una oscura y destemplada tarde, llegó don Baltasar al pueblo en que se meció su cuna, y como ya conociese por anteriores relatos la riña de ambos hermanos, queriendo evitar en lo posible mezclarse en el suceso, hizo alto en la posada, desde donde mandó recado a sus hermanos diciéndoles que, por cansado, no acudía a sus casas y que se alegraría de verlos. Más despreocupado Gaspar que Melchor, acudió presuroso a la cita, en tanto que el mayor, no queriendo encontrarse con el ateo, como ordinariamente le llamaba, suspendió la visita hasta la hora en que suponía hallar solo a don Baltasar.

- ¿Por qué no has ido a mi casa? –entró diciendo Gaspar al recién venido, después de darle un fuerte abrazo.

- Hombre, porque, a la verdad, si iba a tu casa se enfadaría Melchor, y si a la suya era seguro que te enfadases tú; y además, francamente, me cargan los chicos por un lado, y del otro, tú solo, con criadas lugareñas, no tendrás grandes comodidades, y a mí, qué quieres, me gusta dormir bien, comer bien, cuidarme bien; lo primero es el cuerpo, chico, porque sin él ni hay razón sana ni voluntad propia.

- Vaya –dijo Gaspar-, alabo tu franqueza y te felicito por el gusto, por más que no ande muy acorde contigo; nada me importa esta inútil y despreciable máquina que tú llamas cuerpo y yo cárcel donde se aprisiona un rayo del divino origen; pero, qué demonio, no quiero pelearme contigo, que basta ya que lo esté con ese hipocritón de Melchor.

- Pero vamos, dime; ¿qué fue ello?

- Nada; figúrate que nuestro señor hermano es un supersticioso fanático, que, entre rezos, mojigaterías y bendiciones, se pasa la mayor parte del día, en tanto que la noche cuando la entretiene con esa mujerzuela a quien hace pasar por su mujer, la pasa de bureo en casa del secretario, otro hipocritón, con el que arma en la bodega de su casa una timba de a peseta, de donde sale siempre Melchor con unos cuantos duros menos y dando traspiés, gracias al peleón con que remojan de cuando en cuando la partida.

- Hombre, vaya en gracia –dijo Baltasar-; muy duro me parece lo que me cuentas, y más en persona de tanto recogimiento.

- Pues no es ni duro ni blando, sino la verdad pura; Melchor tiene un espíritu ruin, estrecho, lleno de sinuosidades, incapaz de abarcar ningún horizonte externo y despejado, y de aquí ese torpe embrutecimiento de ideas y de costumbres; en fin, su espíritu es de la cuarta especie, lo mismo que el de los brutos.

- Sí –añadió Baltasar pensativo-, el bueno de Melchor siempre tuvo un temperamento linfático con sus conatos de bilioso; esto y los alimentos grasientos de las aldeas, han consumado la obra, y de ahí ese misticismo casi idólatra, y los excesos consecuentes de un cerebro perturbado por las torpes funciones de la digestión; créeme, Gaspar, el pobre Melchor no sabe lo que se hace, va impulsado por el imperfecto organismo de su constitución.

- ¡Qué constitución, ni qué caracoles! Melchor sabe perfectamente lo que se hace, en cuanto lo permite su alma pequeña e insuficiente, y yo digo que a más de ser en esencia y potencia un imbécil, es, en voluntad, un tunante que quiere conquistar la estimación del pueblo con sus hipocresías, para divertirse luego a sus anchas.

En esto iban los dos hermanos, cuando apareció el mayor en la puerta, y a juzgar por su cara, había oído el juicio poco halagüeño que de él estuvo haciendo el despreocupado don Gaspar.

- ¿Te está ya contaminando ese hereje con sus malas mañas? –díjole a Baltasar mientras le abrazaba.

- Vamos, vamos; no hay que reñir el día de mi llegada – replicó Baltasar, como todo hombre que se precia de egoísta, con el enfado propio del que no quiere que se le moleste con voces ni denuestos-.

Por un día, qué demonio, bien podéis dar al traste vuestros resentimientos.

- Por mí, ya callo –dijo Melchor-, que en esto me humillo como debe hacerlo todo buen cristiano, pero en lo de pasar por sus herejías y maquiavelismos, ni ahora ni nunca pienses que puedo pasarlos, que antes que él está mi conciencia, mi fe y mi salvación.

- Vaya, pues yo –añadió Gaspar- ni hablo ni hablaré del asunto; pero que no me salga con sus ridículos disparates, porque entonces sí que no respondo de callar.

- Pero hombre, ¿por qué no seguís ambos a dos vuestro camino, sin meterse el uno con el otro? Si el temperamento de éste le lleva a la meditación, al éxtasis, al ayuno, a las explosiones de un culto, de acuerdo en todo a los glóbulos de su sangre, a las grasas de sus vísceras, dejadle en paz, que cumple perfectísimamente el fin de su organización física. Y si tu naturaleza sanguínea y nerviosa, compuesta de tejidos exuberantes de fosfatos, se entrega a las atrevidas concepciones de una divinidad pura, abstracta, invariablemente perfecta, y tan infinitamente transformable como lo es tu parte imaginativa, centro de tu actividad, déjesete en paz con tus buenos o malos, verdaderos o falsos pensamientos, puesto que también cumples con la ley de tu constitución, que te impone las manifestaciones de tus ideas, bajo la presión de tus sustancias orgánicas.

Y con esto interrumpió Melchor.

- Veo que no me han engañado al decirme que eres una hechura de tu siglo, mi pobre Baltasar; materialista descreído, sin asomo de sentimiento ni sombra de conciencia; extraviado en el laberinto de las verdades científicas, que te has acogido al frágil hilo de los instintos, pensando explicar los grandes misterios de la memoria, del entendimiento y de la voluntad por medio del análisis de la sangre, del fósforo y de los nervios.

Contestó a esta perorata una sonora carcajada del sabio doctor, que fue interrumpida por una enérgica exclamación de Gaspar.

- Por cierto que, acaso por la primera vez de tu vida, no has hablado con falta de inteligencia, hermano Melchor; en efecto, veo en Baltasar un sacerdote de la tosca e insufrible materia, y es lástima que su genio se haya extraviado en culto tan repugnante y antipático; en vez de la adoración de esta luz interna que ilumina nuestro ser, rastro desprendido de un Creador, alma y móvil de lo creado, parte, a la vez que causa, de los mundos del espacio, de las plantas de la tierra, fluido etéreo y animador de todo lo que percibimos con los sentidos y presentimos con la inteligencia, fuente de donde brotan obras y palabras, y el único y exclusivo regulador de cuanto se hace y se hará en lo infinito de la vida; en vez de ver en la materia un medio ruin, una cosa grosera, instrumento dócil del alma, obediente esclava de nuestras concepciones y pensamientos, la diviniza, colocándola en el lugar que tan sólo debe y puede ocupar el misterioso fluido del alma. ¡Triste, y muy triste es verte seguir por tan extraviada senda!

- Senda que a nada conduce sino a la vida animal – dijo don Melchor.

- Sin Dios y sin alma –añadió don Gaspar-, ¿en qué diablos puedes fundar la felicidad de la vida?

- En mi estómago –gritó don Baltasar, entre risueño y amostazado-. ¿Qué demonios de predicadores tan elocuentes que os habéis vuelto en los dieciocho años de separación! ¿Y queréis decir en que Dios y en qué alma fundáis vosotros la dicha?

- En el único – se apresuró a decir Melchor- capaz de encenderla; en el que manda que seamos mansos, condescendientes con las culpas ajenas, en el que no permite los apetitos de la gula, ni de la lujuria, ni de la avaricia, y en el que, a fuerza de mortificaciones y padeceres, nos promete un cielo de alegrías, de placeres y venturas, como no podemos ni soñarlas en la tierra.

- ¿Es decir que tú estás haciendo ahora los méritos para ir a tan delicioso paraíso? ¿De modo que cuanto sufres ahora es por egoísmo?

- ¿Cómo es eso?

- Es claro; lo que estás haciendo es amontonar moneda falsa con la esperanza de que la cambien por oro de buena ley cuando te canten el gori; pues mira, Melchor, para ello valía más que te echaran las bendiciones matrimoniales con esa tu mujer, según la llamas, que yo sé de buena tinta (y con efecto, ambos hermanos sabían lo que había de cierto en el asunto) que, antes de serlo tuya, lo fue del que quiso tomarla.

- Y tú –dijo Baltasar, volviéndose a Gaspar, y sin dejar que el hermano mayor metiese baza-, ¿me quieres decir en qué Dios reconcentras ese fabuloso culto de los espíritus?

- ¿En qué Dios? En ninguno. ¿Piensas acaso que la palabra Dios concreta un ser o expresa un hecho? Dios es todo, y todo es el alma, la esencia de la vida que nos hace pensar, sentir, movernos, accionar; el alma es Dios, como Dios es el alma, y alma es todo cuanto se manifiesta en forma, tiempo y espacio. ¿Quieres que te pinte a Dios bajo la forma tosca e inverosímil de algún ser de los que pueblan la tierra? ¡Bonita idea la de Dios bajo la forma de un lindo rapaz, vestido con enaguas bordadas de talco, como se lo representa mi digno hermano, o con las disformes orejas del elefante, suplantadas en la dulce cara de una doncella, como le pinta la idolatría de los indios! Paréceme muy degradante a la divinidad, de que toma origen el alma, la representación de tales caricaturas.

- ¡Ateo, perjuro, apóstata! – gritó fuera de sí don Melchor-. Prefiero mil veces el escéptico materialismo de Baltasar a esa amalgama monstruosa de la verdadera creencia con el culto enigmático de Satanás; cállate de una vez, si no quieres que maldiga el llamarme tu hermano.

- ¡Imbécil! – se apresuró a decir Baltasar-. ¿Estás en ti, hombre? Pero… ¿qué estoy diciendo? Esa misma excitación en que te veo, no reconoce otras causas que la interrupción de tus habituales funciones; con la bilis de la primera reyerta que tuviste con Gaspar, y con los excesillos de casa del secretario, estás irascible y sumamente excitado. Y tú, Gaspar, sin hábito de esta vida de pueblo, monótona y reposada, te encuentras predispuesto a todo lo que sea intransigente y violento. ¡Oh! ¡Las pasiones, las pasiones!

¡Qué cierto es que tienen sus raíces en ciertos jugos del individuo! ¡He aquí por qué traéis a vueltas dioses e ídolos, almas y conciencias, voluntades y entendimientos! Vaya, vaya, retiraos en paz y en armonía. Mira, Melchor, que te haga tu mujer una taza de hojas de naranjo amargo; y tú, Gaspar, vete y anda de seguido dos o tres leguas hasta que se consuma esa exuberancia de actividad, y hasta mañana, que conoceréis a mi legítima mujer, que, porque no me sirva de molestia, viene con los mulos del equipaje.

Esto decía el doctor, a la par que daba amistosos golpecitos en los hombros de los dos contrincantes. Fuéronse ambos, murmurando algo que no se entendió bien, y quedóse el bueno de Baltasar haciendo mohínes con la cabeza, restregándose con fruición ambas manos, y diciendo por lo bajo:

- Pues señor, están buenos mis señores hermanos, el uno con sus santos y su paraíso y el otro con sus esencias y eternidades, voy creyendo que tendré que proporcionarles alguna plaza en San Baudilio, donde a fuerza de duchas les entre en caja su perturbado cerebro. ¡Vaya con los hombres! ¡Y que a apoco más me arman aquí el gran escándalo y tengo que retrasar la hora de mi cena!

Esto diciendo, llamó al criado que consigo traía, y se arrellanó en un antiguo sillón de vaquera extendiendo ambos pies hacia las grandes brasas de una descomunal chimenea.

Era el doctor don Baltasar hombre tan sumamente delgado, que más parecía existir por el espíritu que por el cuerpo, y a no verle cuidar con minucioso esmero su alimentación y buscar en todo lo más conveniente a su comodidad, nadie le hubiera tomado por tan acérrimo partidario de la materia; más bien parecía, por la elegancia, la distinción y la soltura de sus miembros, un ágil montañés, sobrio y despreciador de cuantas sibaríticas ventajas ofrece la actual civilización; su cabeza, alta y arrogante, parecía más bien hecha para penetrar en los eternos espacios de lo increado, que en las minuciosidades que descubre el escalpelo; y en sus ojos brillaba más el fuego de la inspiración que el ansia del análisis. Don Baltasar había estudiado cirugía y medicina en la Universidad de Berlín; apenas separado de sus hermanos, hizo amistades en Madrid con un doctor, entusiasta por la escolástica alemana, el cual, queriendo que un hijo que tenía estudiase en aquellos países, le propuso a Baltasar costearle la carrera que eligiese si se avenía a ser compañero y vigilante de su hijo. Aceptó la propuesta Baltasar, cuyo carácter era apacible y poco amigo de aventuras y trapisondas, y aficionado a la medicina por lo bien que de ella hablaba su amigo el médico, eligió esta carrera, y juntos, ayo y colegial, emprendieron el viaje a la patria de Lutero.

Dieciséis años pasó en aquellas tierras de la filosofía, y gracias a su aplicación y excelentes condiciones de carácter, llegó a ser uno de los primeros médicos de Alemania; rico, joven y sumamente querido, empezó a sentir la nostalgia de su país y, cosa rara, aquel hombre, para quien todo era materia, aquel ser tan refractario a cuantas teorías probasen que una parte de la vida se escapa a las leyes de los cuerpos, y que después del átomo existe una voluntad dominadora y causante de las funciones de la inteligencia; aquel doctor que buscaba el origen de las pasiones en las vísceras del apasionado, y que consideraba todas las prerrogativas de la imaginación como derivadas de la sangre o de los tejidos; aquel hombre, por último, para quien el espacio era un inmenso receptáculo de materia viviente, masa dispuesta por sí misma para la formación de mundos y de soles, de criaturas y de vegetales, de gases y de sólidos, de efectos y de causas, sintió en su organización la nostalgia de un mísero pueblo de la Mancha, y, dejando provenir y ciencia, emprendió el regreso a su patria, alegre como un colegial que sale de vacaciones, y sin meditar que aquel hecho, puramente inmaterial, a que le conducía la necesidad de su alma, daba al traste con la brillante escuela que defendía; y no era que en su patria adoptiva le faltase el calor del cariño, bien es verdad que tampoco debiera, según sus ideas, preocuparse por cosa de tan escaso valer, nada de eso; casado hacía seis años con una joven simpática berlinesa que le había traído en dote medio millón de francos, parecía que todo le debía sujetar en aquellas tierras; pero no fue así, y realizando su fortuna y despidiéndose de su clientela, abandonó Alemania, y ya se ha visto cómo regresó a su primitivo hogar.

Entróle el criado la suculenta cena; alegráronse los ojos de don Baltasar, ante el hermoso pavo trufado, el pastel de foie-gras y el rojo Burdeos (don Baltasar lleva siempre consigo el cocinero), y dispuesto para hacer los honores a la cena, trinchó una perdiz, pidiendo para aderezarla sal, pimienta y vinagre; trájole el criado lo demandado, y no bien puesto sobre la mesa, tuvo el salero la mala suerte de dar sobre el borde de un plato, y quebrándose al tiempo de caerse, derramó en abanico toda la sal que contenía…, y aquí fue Troya; con las mejillas encendidas, trémulo y vacilante, levantóse de la mesa don Baltasar, arrojó con ímpetu la servilleta y dijo con destemplada voz:

- ¡Ya me quedé sin cenar! ¡Maldita suerte! ¡Cuando tenía un apetito de dos mil demonios!

- Señor, yo… -murmuraba el criado.

- ¡Tú eres un animal! Debías haber pensado que hoy era martes y haber puesto tus cinco sentidos en el salero; ¿quién come después de este contratiempo?

Y sin escuchar más disculpas del atortolado criado, salió de la estancia encerrándose en su cuarto, tras un sendo portazo y una frase de bastante mal tono. Como se ve, don Baltasar, no solamente tenía nostalgia, esa enfermedad del alma, que muchas veces mata al cuerpo, sino que también tenía supersticiones, cosa muchísimo peor para quien blasona de escéptico.

* * *

Pasaron años; ocho o diez a lo menos; habíase olvidado en el pueblo la vuelta y riña de los tres hermanos, y nadie los mentaba sino para hacerse cruces de sus riquezas y extravagancias.

Don Melchor seguía haciendo novenas y panegíricos, jugando al tute con el cura y visitando con frecuencia la bodega del escribano. Don Gaspar vivía en Madrid, donde se daba una vida de príncipe, asombrando con su lujo y sus desórdenes, y siendo director de un periódico científico titulado El alma, donde intentaba probar que fuera de las venturas que proporciona el espíritu por medio de la imaginación y el pensamiento, no hay en la tierra felicidad posible.

Don Baltasar, establecido en la capital de la provincia, vegetaba en una vida contemplativa haciendo frecuentes excursiones al lugarejo donde nació, y perfectamente enamorado de un robusto chiquillo que le dejó su mujer, antes de morir.

El muchacho contaría unos cinco años, y el doctor era para él, no solamente padre, sino madre, nodriza, niñera, criado y hasta caballo, puesto que más de una vez, dejando a medio hacer la disección de algún miembro humano, salió de su laboratorio para que el rapaz montase sobre sus espaldas, paseándolo a cuatro pies por los espaciosos salones de su casa, levísima prueba del amor, casi culto, que profesaba al travieso niño.

Así las cosas, llegó el momento más triste para la vida de don Melchor, que fue el de la muerte; volviendo una noche de casa del secretario, donde se presume que se excedió más que de costumbre, le acometió un síncope a la entrada de su casa, y perdiendo sentidos y conciencia, murió a las veinticuatro horas sin haber podido hacer testamento, ni lo que era más triste, cumplir con todos los deberes de buen cristiano, y he aquí el gran escándalo: don Melchor no estaba casado con la que decía ser su mujer, y como la muerte no le dejó tiempo para arreglar el asunto, se encontró la huéspeda sin casa, familia ni rentas, y todo el pueblo haciendo cruces de tan estupendo suceso; el cura, sofocado y casi pesaroso de haber sido tan indulgente con el difunto, trataba de disculparse con sus escandalizados feligreses, diciendo que él bastante le había predicado; pero don Melchor era muy moroso para todo y para esto fue más, y que como ni él ni el otro pudieron creer que la muerte se viniera tan de rondón, lo habían ido dejando para más adelante; y que la cosa, después de todo, no era para tanto, porque si él había cumplido bien, y además, con tantas caridades como había hecho, casi, casi se le podía disculpar; pero el padre cura no contaba con la huéspeda, que en esta ocasión fue el pueblo, todo indignado al ver que se le había hecho comulgar con rueda de molino y respetar a una mujer tan sin vergüenza; y tal cisco se armó y tales murmuraciones llovieron sobre el cura, que éste, como medio de acallar la tormenta, decidió negar sepultura religiosa a don Melchor, con pretexto de que había muerto en pecado mortal o impenitente; acallóse el pueblo con la resolución, y hétenos con que el célebre don Melchor, o sea sus despojos, el que fue en vida cofrade del Sagrado

Corazón y presidente de la congregación de San Roque, mayordomo mayor de Santa Úrsula y otras mil cosas más de prolija enumeración, dio con su cuerpo al mismísimo pie de un frondosísimo olmo del huerto de don Agapito, sitio donde fue depositado sin aparato, ni honras de ninguna clase; y no bien llegada la noticia a oídos de don Baltasar, montó en cólera y fuese a ver al señor Obispo, a quien contó lo sucedido, enalteciendo las religiosísimas prendas del alma de su hermano, y que él iría en demanda hasta el mismo Papa, pues no era cosa que la memoria de su hermano no se honrase como merecía, enterrándolo en lugar apropiado, donde pudiera reposar como hombre honrado y creyente, y donde el cuerpo tuviese santo descanso; y según todo esto, puede verse al famoso doctor abogando a favor de cosas que siempre creyó ridículas y fuera de racionalidad; enternecido el Obispo, y después de recibir una docena de miles de reales con destino a las arcas de San Pedro, puso fin a las querellas de don Baltasar, y el cuerpo de don Melchor se trasladó, desde el olmo, a un lujoso mausoleo que le mandó construir su hermano en medio del cementerio, como para darle con él en la cara a todos sus conciudadanos; y apenas cerrado aquel sepulcro del místico-prevaricador, vino de Madrid don Gaspar, hecho una furia contra el escribano del pueblo porque no había dado los pasos necesarios para poner de patitas en la calle a la mala mujer que había engatusado a su hermano, y tras otra serie de escándalos ente el alguacil y aquella infeliz, que se resistía a dejar la casa donde había pasado diecinueve años y donde había visto morir al hijo de su vida, y tras de varias idas y venidas a la capital de la provincia para que su hermano Baltasar tomase cartas en el asunto, se vio don Gaspar en posesión de la regular fortuna de su difunto hermano, que a decir verdad no le venía muy mal en atención a la dispendiosa vida que llevaba en la corte, y que fue toda suya, pues su hermano el doctor, más generoso que aquel predicador de las excelencias del alma, renunció a su parte, y aun antes de cumplirse el mes de la muerte de don Melchor, salióse del pueblo don Gaspar, dejando a merced de la caridad pública a la mujer que fue compañera de su hermano más de la mitad de su vida. Deseoso de recobrar el tiempo perdido en su pueblo, se lanzó de lleno don Gaspar a todos los placeres que le brindaban sus riquezas, y antes del año escribió al doctor una carta en que le pedía con urgencia que fuese a verle, pues se sentía bastante malo; emprendió el médico el camino de la corte, y así que reconoció al paciente, vio que la muerte no andaba lejos de su lado: don Gaspar estaba tísico, la disipación de su vida le había conducido a tan penoso estado, y lo que no pudieron hacer ni los pantanos de América ni los ardores de los trópicos, lo hizo el abuso de los goces sensitivos, viciando un organismo admirablemente constituido y empobreciendo una voluntad y un entendimiento rico en dones naturales; el doctor triunfaba, y así lo hizo ver a su hermano, por cierto con poca caridad hacia su estado.

- Tu cuerpo se descompone –le dijo entre risueño y pesaroso-. Por mucho que se empeñe eso que tan pomposamente llamas destello del alma inmortal, no conseguirá nada; te matan los abusos a que has entregado tu cuerpo; un prudente uso de tus facultades físicas, te hubiera prolongado la vida hasta su último límite, hasta la vejez; esa atrofia de todos los órganos por cansancio, te hubiera producido la muerte; pero has creído que no debías contar para nada con la materia, y he ahí las consecuencias…

Don Gaspar empeoró de día en día; durante tres meses, su vida fue una agonía insufrible, en cuyos intervalos de mejoría se ocupaba con minuciosa prolijidad de todos los detalles de su encierro; por voluntad suya se encargó don Baltasar de su embalsamamiento, y después de dejar parte de su fortuna para la fundación de un Instituto donde se enseñase la incorruptibilidad del espíritu, dejó el mundo de los vivos, mientras que una hermana de la Caridad encendía los blandones de su entierro, pues quiso, antes de cerrar los ojos, ver cómo lucían.

Don Baltasar sintió la muerte de su hermano cuanto era susceptible de sentirla un carácter como el suyo, que sólo tenía movimiento de cariño para su pequeño heredero. Hizo el embalsamamiento con toda la mesura y prolijidad del escepticismo más absoluto, y cumplidos los encargos del difunto, regresó a su casa, donde le esperaba el más desgarrador espectáculo. Su hijo estaba gravemente enfermo, desde el día anterior. ¿Qué tenía? El mejor médico de la ciudad no había podido decirlo. Calcúlese cómo se quedaría don Baltasar ante aquel suceso. El niño agonizaba por momentos; una fiebre violentísima le quitaba fuerzas y vida, y mientras sus ojos, medio cerrados, se fijaban sin expresión en el vacío, sus blancas manitas retorcían en menudos pliegues los finos encajes de su lecho de muerte; una fiebre maligna se lo llevaba, y su padre, acaso el mejor médico de Europa, le veía agonizar con el convencimiento de su impotencia y la seguridad de su futuro aislamiento; todo cuanto le sugirió la ciencia lo puso en juego para salvar a su idolatrado hijo; y cuando sus recursos se agotaron, echó mano de ese arsenal de sandeces con que el vulgo pretende curar a los que la ciencia desahucia. Y, ¡oh prodigio del amor!, aquel hombre que hacía poco había herido las arterias de su difunto hermano con la impasibilidad del sabio, fue con lágrimas en los ojos a pedir a un saludador que hiciera sus ceremonias sobre el agostado cuerpo de su hijo, y ¡cosa aún más grande!, cuando el estertor de la agonía entreabrió los labios del agonizante, mandó con un rico presente para el señor Obispo a su antiguo criado, con orden de que suplicase a Su Eminencia, en su nombre, que se hiciese una suntuosa rogativa para implorar del Dio de los cristianos la vida de su hijo…

Todo fue inútil; el niño murió, sin que ciencia, sortilegio ni intervención monástica, bastase a detener la muerte, y don Baltasar se encontró una tarde sin más compañía que sus inmensas riquezas y el recuerdo de su hijo. Cinco días estuvo encerrado en su cuarto, sin permitir ver a nadie ni hablar una palabra; cuando salió de su voluntario encierro había envejecido diez años, y nadie podía ver en él al hombre decidor y resuelto que con fina ironía criticaba las rancias costumbres de sus conciudadanos. Don Baltasar envejeció en cinco días, bajo el peso de un dolor puramente moral que no partía de ninguna de sus vísceras, y que fue tan profundo y tan intenso que le ocasionó una enfermedad de muerte, a la que se ha puesto el nombre de hipocondría, y la cual fue producida en don Baltasar a consecuencia de un sentimiento aflictivo del alma.

Pasaron meses; sin fiebre ni gran alteración en sus regulares funciones, extenuado y completamente abstraído en la contemplación del recuerdo de su hijo, don Baltasar murió una tarde al pie de la verja que cerraba el sepulcro del inocente niño, y semejante a esos perros fieles que sin conocer otro amo mueren sobre la tumba del primer dueño, el sabio doctor, sin agonía ni padecimiento, fue a morir ante el sepulcro de un ser que ya no existía más que en su imaginación, besando la tierra donde estaba encerrado aquel polvo que, según sus teorías, era solamente elemento de materia orgánica dispuesto para la formación de otras nuevas vidas inferiores. En la frente de aquel hombre, encanecido por el dolor, se leían todas las tradiciones de la vieja Alemania, así como en las teorías que sostuvo mientras gozó la vida se encontraban los extravíos del período revolucionario por que atraviesan nuestras generaciones.

De aquellos tres hombres, hermanos por naturaleza, y separados por tan distintos ideales, no quedaba ni aun el recuerdo.

Los tres, por el medio distinto en que se desarrolló su inteligencia y facultades, aparecieron tan extraños los unos de los otros como si fueran hijos de distintos hogares.

Reyes Magos de los tiempos presentes, cada uno siguió el rumbo de diferente estrella, y como solamente en una habrá de encontrarse a Dios, a la Ciencia y a la Verdad, he aquí que en vez de dar con el prometido Mesías, pereciesen sobre las ruinas de las creaciones por ellos levantadas.

ALGO SOBRE LA MUJER
(Apuntes)

Paréceme cosa inverosímil y absurda que en medio de este concierto en que a voz en grito se trata de las facultades, condiciones y fines de la mujer, no resuene el acento de una que a mucha honra tiene el haberlo nacido, y para la que, mal o bien, se dio tormento en más de una ocasión a la famosa invención de Gutenberg; y es el caso que, arrastrada a mi pesar en esa contienda de defensores y detractores, tengo para mí como imposible no meterme de lleno en tan asendereada cuestión, y dar mi voz y voto en el asunto, si no por su valer para el caso, por la desazón insufrible que, de no hacerlo, sentiría en las profundidades de mi pensamiento.

Con perdón de lectores y lectoras, y con perdón de los señores sabios que en la contienda tomaron parte, héteme aquí dispuesta a decir, mondas y lirondas, lo que a mi entender tengo por verdades indiscutibles, y lo que bien pudiera ser que no fuesen más que fantasmagorías de esa parte imaginativa, tan llevada y traída por el razonador y pensador sexo contrario.

Entremos de lleno en la cuestión, y puesto que de igualdades se trata, y unos quieren propinárnosla con relación al bruto y otros la subliman hasta la naturaleza del ángel, juro y perjuro, sin que en esto haya ofensa para ninguna de las dos escuelas, que tan iguales nos hicieron nuestros padres Adán y Eva, si es que existieron tan inéditos personajes, como iguales venimos siendo a través de los siglos y a pesar de sus variables alternativas; pues repartido por igualdad de partes entre la raza del hombre el imperio de la naturaleza, lo que a ellos les sobró de brutalidad, nos lo pusieron de astucia, y lo que a nosotras se nos dio más de ternura, lo poseen ellos de fuerza; y como para probarlo basta registras los anales de la historia humana, paso a otro asunto, asentado como incuestionable verdad la perfectísima, equitativa y exacta repartición que de los reinos del sentir y el pensar nos hicieron los ilustres creadores de la raza a que pertenecemos.

No se me venga con la fisiología a probar, como dos y dos son cuatro, que nuestro cerebro, en cantidad y calidad, es infinitamente inferior al del hombre e igual casi al del hotentote, último ser de la escala racional, el más inmediato cuadrumano, porque a esto respondo yo que órgano que no se utiliza concluye por atrofiarse, y que si desde nuestras más remotas abuelitas se vino relegándonos al pasivo papel de los irracionales, nada tiene de extraño que las nietas de tantas generaciones de necias tengan en su masa encefálica una infinitesimal cantidad de sustancia gris y un escasísimo volumen de cerebelo, y con esto pongo el ejemplo de aquellas palomas de Darwin que nacieron con alas embrionarias solo porque a sus descendientes se les fueron comprimiendo artificialmente tan utilísimos miembros; y añado, para mayor abundamiento, que no se me puede argüir contra semejante ejemplo aquello de que la geología, con sus descubrimientos, ha probado el cómo siempre existió esencial diferencia entre los cráneos de los distintos sexos, porque a esto respondo que la geología, con todos sus datos y habilidosos experimentos, apenas si ha conseguido levantar una pequeñísima punta del velo que envuelve los orígenes de la vida, y que a pesar de los múltiples ejemplares que manifiesta de tan notable inferioridad, no bastan para asentar como incuestionable verdad que, en las muchedumbres de nuestros ascendientes, apareciese marcadísima la diferencia intelectual de un sexo con relación al otro, y sigo diciendo que como en el transcurso de los tiempos no representan nada las revoluciones que varios siglos pueden amontonar sobre los individuos de la especie humana, es muy posible que lo que en su origen fuese perfectísimo, se transformase en periodos más o menos extensos, dando lugar a modificaciones que luego sirvieron a la geología de comprobantes para que nuestros detractores se figuren asentar sobre firmes experimentos nuestra innata inferioridad. Y continúo mi relación, cuyo punto de partida es declarar la igualdad más perfecta en equivalentes en nuestro común origen, de todas cuantas condiciones físicas y morales arrastramos por este grano de tierra que rueda en las especies interplanetarias… Júzguese, pues, de mi asombro y estupor al ver a los defensores de la emancipación abogar con el más encarnizado entusiasmo por manumitirnos de una esclavitud que no existe más que en su fantasía, luchando a brazo partido con esa otra parte de batalladores que quieren suprimir a la mujer, haciendo lado en su lugar, a una máquina portátil que a más de servir para el placer del sexto sentido, guise bien, planche bien y tome con exactitud la cuenta de la lavandera, sin que entorpezcan las funciones de tan alta misión otros sucesos que la gestación y lactancia de algún futuro padre de la patria, o de algún asiduo concurrente al treinta y cuarenta…

Ni tanto ni tan poco, ¡ilustres campeones de los fueros de nuestro sexo!, con dejarnos donde estamos, ganaríais y ganaríamos muchísimo más. ¿Qué es emancipación para quien se tiene por libre? Un mito irrisorio; ¿llamáis emancipación a darnos el derecho de vestir la toga curial y el bonete de doctor, sentenciando con sistemática serenidad en causas y pleitos…? Nosotras de hecho tenemos lo que de derecho disfrutáis; ¿queréis saber cómo? Entreabrid con mucho tiento los cortinajes del lecho donde reposa el juez; que no os sienta, y escucharéis a su mujer, si la tiene (y así que el hombre es juez ambiciona tenerla), decirle:

- Tú estás preocupado; no duermes; esa causa te va a quitar la vida.

- Sí –contesta el juez-, no sé que sentencia dar.

- Pues mira, yo que tú, puesta la mano sobre el corazón, haría esto y lo otro…

Y aquí encaja la mujer lo que sentenciaría, y si no es uno de esos seres, excepción de nuestro sexo, que más que mujeres deberían ser figuritas de biscuit, y si el juez no es otra excepción que también los hay en el opuesto bando, y más que vivir como hombre debiera sustentarse en los bosques de América, veréis como el magistrado se duerme tranquilo, porque ella, en los senos de su conciencia, bajo la palabra de la que durante muchas noches le oyó dar vueltas en agitado insomnio, ha brotado, como luminosa inspiración, la sentencia buscada y que aunque luego se piense, se medite y se varíe en condiciones y formas, lleva en el fondo el germen del pensamiento de la mujer, la esencia de la inspiración femenina… ¿Me queréis decir, promulgadores de la emancipación, quién dicta en semejante caso la sentencia de aquella causa…? ¿Queréis otro ejemplo…? Rara es la esposa del médico que no está al corriente de las visitas de su marido, y aun es más rara la que no conoce los primeros elementos de la medicina cuando el esposo pertenece a tan sublime ciencia; pues penetrad en el estudio del sabio que busca inútilmente una solución a al crisis del pobre enfermo; él duda, ella no.

-Créeme, si estuviese en tu lugar cerraría los ojos y le daría…

El médico piensa, reflexiona; la palabra de la mujer vibra en su oído, «cerraría los ojos» «¿Por qué no cerrarlos…?» La solución se acerca; el médico vuelve a aparecer después de haber escuchado el hombre, y el enfermo sufre el tratamiento que la inspiración femenina depositó como embrionaria idea en la mente del sabio… ¿Quién es aquí de hecho el doctor?, ¿quién acude a la crisis del padecimiento?

¿Queréis penetrar en el hogar de la madre que cuenta entre sus hijos al hombre pervertido, cuya vida se desvía en el adulterio y la crápula? Pues vedla un día y otro día, hoy con lágrimas, mañana con razones, luego con amenazas, más tarde con un desprecio fingido y convencional, y luego, buscad bien en el corazón de aquel hijo, y veréis, como chispa luminosa en medio de amontonadas pavesas, el eco vibrante de la voz maternal, de la voz de la mujer, que cual Argos de cien cabezas vela pidiendo con incesante clamoreo, la redención del prevaricador, el cual al fin sucumbe al invasor torrente de aquella moralidad nacida del pensamiento de la mujer, y depositada en el corazón del malvado para redimirlo y perdonarlo.. ¿Puede el moralista más escogido luchar con el poder de tan hábil moralizadora…?

¿Queréis hallar al patricio defendiendo los fueros de la libertad o las tradiciones de la teocracia? ¿Queréis encontrar al diplomático que concilia hábilmente los opuestos intereses de enemigas naciones? ¿Queréis ver al heroico guerrero que lucha por defender su ofendida patria? Pues buscad a la mujer; donde exista el patricio liberal o autócrata, donde exista el diplomático y el guerrero, existen los hilos invisibles del avasallador poder femenino. ¿Para qué, pues, una emancipación tan ridícula en la forma como innecesaria en el fondo? ¿Es acaso para que las leyes, ante cuyo criterio es cuestionable nuestra igualdad con el hombre, nos favorezcan en nuestras relaciones sociales con el opuesto sexo?

Tengo por seguro que cuantos achacan a defectuosa legislación las miserias que sufren las mujeres, desconocen esa ley de las compensaciones ante la cual vemos que se inclinan cuantos poderes amontonan los hombres; además, si es un hecho que nuestras leyes, por sus defectuosas consecuencias, pero no por su equitativo espíritu, favorecen al hombre en cuantos cuestiones sociales se presentan, téngase en cuenta que la primera que contribuye a tan anómala situación es la mujer, por sus incalificables condescendencias, y es justo que, por la frivolidad de sus pasiones y la intemperancia de sus gustos, sufra las consecuencias a que sus mismas culpas la hicieron acreedora, y si a esto se arguye que hay muchas inocentes víctimas de tan irritantes desigualdades, contesto con las palabras de Dios cuando la sentencia de Sodoma: «Con solo diez justos se salva una ciudad»; y añado que sin la sangre de los mártires no se consolidará nunca ninguna verdad, debiendo, por lo tanto, aceptar como alta misión del cielo ese calvario de la mujer honrada, virtuosa y sensata, que vive bajo el yugo de un perverso tirano sin que las leyes humanas acudan a su defensa y libertad; sigan el áspero camino, que allá en el porvenir disfrutarán sus descendientes de los beneficios de su martirio, siendo un hecho la igualdad ante la ley, como lo es ante la naturaleza; y con esto se prueba doblemente cuán innecesaria es una emancipación que a todas luces amenguaría nuestro poder incondicional.

Nuestro reino es inmenso, se dilata en las profundidades de la conciencia del hombre, en los oscuros antros de su cerebro, perturbado por el escepticismo, y en los inmensos vacíos de su corazón, vacíos que se llenan, por nuestra innata ternura, de todos los movimientos generosos y nobles que le hacen reconocerse como soberano de la tierra.

Para vosotras también, mujeres, hermanas mías, se levanta mi voz; huid de la emancipación, porque es la ruina de nuestro poder; desde el instante en que el hombre, teniéndonos por camaradas, penetre en los abismo, que hoy desconoce, de nuestros íntimos pensamientos, la tiranía de su poder no tendrá límites, y... ¿Pero a qué decir más sobre este particular? Jamás podrán los dos sexos tenerse por enemigos; somos dos partes de un todo, cuya entidad, invisible a los sentidos y potencias, tiene por única e ineludible misión la reproducción de la especie; y si en las manifestaciones especiales de nuestro distinto sexo puede haber diferenciales condiciones, en el fundamento primordial de la esencia, digo y repito, que son equivalentes las partes de nuestra organización, como corresponde al cumplimiento de nuestro común destino sobre la tierra, siendo, por lo tanto, imposible que ninguno de los dos sexos contribuya en absoluto al engrandecimiento o postración del opuesto, sin que por esto deje de ser cierto que en periodos, más o menos extensos, sufra ya el uno, ya el otro, las influencias que las organizaciones sociales o los trastornos fisiológicos impriman a sus individuos.

¡Con cuánta lástima contemplo a esos atrabiliarios enemigos de nuestro sexo! Casi me dan tanta compasión, como asombro los emancipadores… ¡Que no oigan lo que voy a decir! Aquel que coloca a la mujer en las escalas del animal; aquel que, fiándose de sus aparentes inferioridades, la relega al puesto de los irracionales, es la primera víctima de las influencias femeninas; como más confiado, deja más lugar a la astucia de la mujer, y nada tiene de extraño ver a uno de esos detractores del género buscar, como débil niño, el consuelo de algún dolor en brazos de una meretriz, o vivir atareado en trabajo superior a sus fuerzas para que aquella que, según él, eligió por la necesidad de reproducirse, derroche en fútiles caprichos el capital conseguido con ímprobas mortificaciones. ¡Compadezcamos al desgraciado! En todo caso, sólo merece lástima. Pero, ¡alerta en la lucha que la actual generación emprende contra nosotras y por nosotras!

A pesar de que las leyes de la naturaleza se rigen por principios fijos, y por tanto lo inmutable es su esencial condición; a pesar de que nunca podrán alterarse las diferencias que distinguen, sin inferioridad por ninguna de ambas partes, nuestros opuestos sexos, pudiera muy bien venir un lamentable periodo revolucionario que nos sumiese por largo espacio de tiempo en las más funestas consecuencias. ¡Alerta, mujeres! Nuestros emancipadores quieren para nosotras la libertad de medios; pero no olvidarse que con ella perdemos la libertad de acción, mil veces mejor que el falso oropel de los aparentes poderes.

Tomad de la escuela emancipadora lo que a nuestros fines nos conviene, es a saber, la instrucción más amplia. Engolfaos en el estudio para que, en la lucha que entre unos y otros estamos llamados a sostener, tengáis armas de reserva con que defenderos. Me diréis muchas que, ¿cómo estudiar? El libro es el maestro, y no todas podéis disponer de libertad, de tiempo, de recursos para tan precisa ilustración. Pues… estudiad… observando, haciendo uso de esa perspicacia analítica que debéis a la naturaleza. ¿Se os niega el libro que describe al hombre y sus obras? Pues estudiad al hombre mismo, y al conocerle, conoceréis todas sus creaciones. ¿No podéis abarcar desde vuestro solitario albergue la vida entera de la sociedad en sus amplias ramificaciones? Pues levantad los tenues visillos de vuestra ventana, os descubrirá un abismo de problemas sociales. ¿No podéis penetrar en los escabrosos senderos de los conocimientos científicos? Pues contad las pulsaciones de vuestras arterias; recoged la gotita de sangre que la afilada aguja hizo brotar de vuestro dedo, y miradla con lente de poderoso aumento; depositad un grano de trigo entre varios de tierra; alejad de los rayos del sol la planta que nació entre sus efluvios; fijaos en la posición de lo que llamáis estrellas en los doce meses del año; colocad sobre un tablero de ajedrez algunos granos de mijo, siempre aumentados en cada casilla en el número de diez… Y conoceréis el movimiento circular de la sangre; las diferentes partes de que se compone el jugo que baña nuestros tejidos; las maravillas germinativas de que están dotados los átomos de la tierra; los principios nutritivos que deposita sobre el planeta la constitución física del sol; la marcha invariable de nuestro mundo a través de los cielos, y la multiplicación infinita, fac simil de un tiempo y de un espacio infinito.

Cuando todo esto, y mucho más que está a vuestro alcance, lo posea vuestra inteligencia, tendréis los primeros elementos de la instrucción científica. ¿Queréis avanzar más? Pues avanzad, y con ánimo sereno, recoged el último suspiro del moribundo; ved aquel cuerpo, poco antes lleno de vigor y de fuerza, ceder, como frío barro, bajo la presión de vuestros débiles dedos; buscad la luz que antes hizo latir el corazón de aquel semejante nuestro, y en seguida preguntaos: ¿Qué somos? ¿Para qué somos? ¿Por qué somos? Ved como entráis de lleno en los campos de la filosofía; seguid, seguid pensando sobre tales preguntas, y tal vez, encadenándose vuestros pensamientos, formen el principio de alguna nueva escuela que, ávida de conocer las fuentes de la vida, encuentra la palabra que hasta ahora cierra su santuario. ¿Os encontráis sin fuerza para tan áspero trabajo? Pues sabedlo: vuestra misión es ir a la par del hombre; si os quedáis atrás, hoy que unos quieren empujaros con ciego fanatismo, y otros os sujetan en los últimos límites de los seres animados, se trastornarán nuestros fueros, se perderán nuestros privilegios, y en tanto que unas, abandonando la rueca por el escalpelo, sufrirán todas las míseras penalidades que aquejan a los destinos del hombre, otras, esclavas del fanatismo de escuela, devorarán en el silencio y la oscuridad lágrimas de rabia y desesperación.

Avanzad, y que el hombre, al regresar a sus hogares bajo la impresión de los sucesos exteriores, se halle con una parte de la vida representada por la mujer, la cual, con alto criterio y analítico juicio, desempeñe el sacerdocio del deber y la sabiduría. Entonces vendrá el libro, tan necesario para la completa ilustración; cuando el hombre se convenza de que la meditación no ha de llevaros al extravío, os abrirá las puertas del santuario, y la mujer científica será un hecho, sin que para ello hayamos tenido que pasar el ridículo del doctor-hembra y del catedrático-femenino; entonces disfrutaréis de las prerrogativas que hoy, casi a la fuerza, quieren regalarnos nuestros entusiasmados defensores, sin meditar que, sin la conciencia del propio mérito, nunca habrá emancipados. Procurad, mujeres, la íntima seguridad de vuestro valer; llegad a ser sabias sin vanidad, grandes sin amor propio, entendidas sin falsa erudición, modestas sin hipocresía, generosas sin debilidad, y vuestro reinado quedará asegurado por largas miríadas de siglos. Sorprended los abismos del alma del hombre, cuidando de dejar en la sombra alguno de los que hay en vuestra alma; que llegue un día en que os encuentre educadas y poseedoras de la más alta ilustración, sin la molestia de haberos dado educación, de haberos ilustrado. He aquí el único ideal posible del porvenir, que nunca se llamará emancipación, porque, lo repito, solamente al esclavo se le puede manumitir, y nosotras nunca lo fuimos. El que otra cosa os haga ambicionar, os lanzará de lleno en el país de las quimeras, vestidas con el burlesco traje del ridículo, a la par que aquellos que intentan arrojarnos del pedestal donde nos colocó la naturaleza, no consiguen más que anudarse con dobles vueltas el dogal de las astucias femeninas.

Solo diré algunas palabras sobre la misión exclusiva que se imaginan ver en nosotras la mayoría de los que penetraron en el palenque de la lucha. Se cree que la mujer vive y nace para el amor, y se olvida, al asegurarlo, que es el único sendero abierto, sin restricciones, ante las facultades del alma femenina. Extiéndase en otros horizontes más dilatados el pensamiento de la mujer, y el amor será en ella lo que es en el hombre, siendo así que tanto el uno como el otro no hacen más que representar una nota en esa escala universal del amor, que principia en las atracciones de los astros y termina en la cristalización del diamante, pentagrama donde la naturaleza recorre sus múltiples fines, sin que uno solo se aleje del eterno principio de armonía por el que se rige el universo, y que se puede condensar en una sola palabra: AMOR.

Ella vive y nace por él, porque de las prerrogativas de su origen es la única que posee con la conciencia de su valer, sin que jamás haya entrevisto fuera del amor más que un caos insondable de luces y donde giran en confuso tropel los destinos del hombre. Por lo demás, en nada ofende a la alteza de su alma poseer esa cualidad distintiva que muchos nos arrojan al rostro como la prueba más concisa de nuestra inferioridad intelectual; el alma de la mujer, dotada de las más altas aptitudes para el amor, demuestra lo inmediata que se halla a las grandes bellezas de la naturaleza; y al encontrarse más cercana de la excelsa cuna del linaje humano, se hace más acreedora a la veneración de los que, impelidos por falsas pasiones, se alejaron de su origen, olvidando los fines para que fueron creados.

Nada, pues, tan absurdo como asegurar que nuestro único destino es la manifestación de un culto que en nada se refiere a las facultades del hombre, y nada tampoco más inverosímil que ciertas aseveraciones probando que , el día en que la mujer adquiera una ilustración superior, serán olvidados sus altos deberes de esposa y madre. No digo que no suceda en ejemplares aislados, porque, sin necesidad de recurrir a excelsa sabiduría, vemos hoy a muchas mujeres sacrificar a la necia vanidad de fútiles caprichos todos los grandes movimientos del alma, siendo casi seguro que muchas de las que hoy por cualquier cosa dejan de ser amantes esposas y tiernas madres, mañana, ante el vano triunfo que les pueda proporcionar una alocución científica, olviden las manifestaciones de sus relevantes cualidades; pero afirmo a la vez que las que así obraren, como las que así obran, son excepciones del sexo, y que además lo harán impelidas por la vaciedad de sus sentidos intelectuales, como hay muchos hombres tenidos por sabios que demuestran en sus hombres la falta de capacidad para desempeñar el magisterio que representan.

Desde luego puede asegurarse que, a medida que la mujer eleve su valimiento espiritual al nivel del otro sexo, crecerá en su corazón esa facultad innata a su destino de compañera del hombre y madre de los hijos de ambos, y a la par que su inteligencia abarque los grandes fines de la humanidad, los altos problemas de la ciencia y las sabias leyes de la naturaleza, el movimiento de su alma hacia el otro sexo, en sus relaciones de esposa y madre, adquirirá la intensidad de lo sublime, y entonces sí que podrá decirse con algunos visos de verdad que su alma, servida por las vivas luces de su inteligencia, nace y vive para y por el amor. ¿Se necesita un ejemplo? Pues recorramos la historia de los hombres ilustres. Cuantos más grados de perfección demuestra su inteligencia, más intensidad de pasión se advierte en su corazón; y no hay uno solo de cuantos con su ingenio, su sabiduría o su valor han contribuido al engrandecimiento de la especie, que no hayan sentido con toda la plenitud de su fuerza esa llama voraz del amor que acerca a la criatura a las idealidades del cielo, y hace que se pinten en la tierra las felicidades del paraíso.

No, no hay que temer por el amor el día en que la mujer alcance al hombre en su perfeccionamiento intelectual; al contrario, entonces sentiría el amor que hoy apenas inconscientemente conoce; entonces sabría todos los sacrificios que se merece esa religión de la naturaleza, y entonces, sin las nimias preocupaciones que hoy la rodean, sabría elevar al ídolo de sus amores sobre todas las consideraciones, hasta la región de lo sublime, dándole el culto de los grandes movimientos de su alma, y siendo para el hombre, no el vano capricho del placer pasajero, sino la hermosa mitad de su especie, el admirable semejante de sí mismo.

…..

¿He dicho algo sobre la mujer? Creo que sí; pero pudiera equivocarme y, a la verdad, lo siento, porque me seducía decirle a los unos: las mujeres no necesitamos para nada una emancipación que a nada conduce. Y a los otros: cuidado con un desliz, porque es ridículo que quien nos trata de inferiores caiga bajo nuestro poder… En fin, ello ya está dicho, y me alegraré que alguna de mis compañeras, que sueña en su fantasía con ceñirse la incómoda basquiña del abogado, comprenda la inmensa ventaja de desempeñar el bufete sin género ninguno de responsabilidad y molestia; y que alguna otra que acaso pasa una parte de su vida plegando y desplegando un volante para ver si la falda está más graciosa a la inglesa que a la turca, y la otra parte en averiguar si el blanco Matilde da más brillo que la crema a la nieve, entre en cuentas consigo misma, y reflexionando lo que mejor le conviene, desdoble la hoja marchita de alguna pobre enredadera, buscando entre sus pliegues los primeros elementos de un estudio que la habrá de colocar en su primitivo puesto de compañera semejante del hombre.

Con esto, y con haber hablado de un asunto en que todos se creen con derecho de hablar, me doy por satisfecha, pidiendo gracia, con toda la dulzura que caracteriza a mi sexo, para estos ligeros apuntes que, acaso andando el tiempo, se conviertan en más amplio trabajo; apuntes en que, intentando decir algo sobre la mujer, pudiera muy bien haber demostrado la inutilidad e insuficiencia del género a que pertenezco.

EL PRIMER DÍA DE LIBERTAD
(Memorias de un canario)

Viajero que pasas, si te detienes junto a esas piedras que bordean el camino, recoge estos apuntes que te dejo entre las finísimas hebras de mis plumas; párate y escucha las últimas frases de mi agonía, escritas entre los píos de mis postrimeros gorjeos; ¡ojalá que medites al terminar lo que leyeres!, ¡ojalá que busques entre el terroso polvo que pisas, algún tenue hueso de aquel que fue mi cuerpo!; y ¡ojalá que, al tender tu mirada en el espacio de los cielos, no envidies el poder de las alas que allá en tu fantasía, quisieras tener para cruzar, como el pájaro, la región infinita sin fijar tu planta sobre la áspera tierra…! ¡Escucha…!

Yo nací en jaula de oro; entre las suspendidas pajas de un nido hecho de filigrana, abrí mis ojos a los rayos del sol de mayo; todo era luz en torno mío; un tibio invernadero daba vigor a exóticas plantas abrigando con sus delicados efluvios la tenue vida que en mí nacía ante el suave calor de mis enamorados padres; volteadores compañeros mandaban a las vibradoras ondas del aire su confuso tropel de trinos y gorjeos, y sobre las arqueadas ramas de un simulado sauce de plata, piaban a porfía mis hermanos de otra nidada, aprendices del canto de nuestros mayores que, en tonos destemplados, intentaban formar armónicas escalas y desprendidas notas. Mi pluma fue de oro como mi jaula; cuando pude tenerme sobre el argentino árbol, me fije vanidoso en las ondas del cristalino arroyuelo que por la pajarera cruzaba, y con el orgullo de mi belleza, alisé mis plumas en orden minucioso con todo el primor del que ama la hermosura, y en sí mismo la ve. Aprendí a cantar; mis trinos dominaban con su agudo poder, las voces de mis asombrados compañeros, y cuando al ponerse el sol le despedía desde las más altas ramas del sauce, todos los pájaros que conmigo vivían, escuchaban con religioso silencio, el inspirado himno de mi amor. Un día mi hermosura y mi canto llamaron la atención de una mujer que me contemplaba absorta; cambié de jaula, me despedía de mi infancia, y abandoné aquel recinto donde las palmeras enanas mezclaban sus largas hojas con el brillante plátano y el aterciopelado naranjo; mi jaula fue de plata, y en vez de árbol una argolla de sonrosado coral me brindaba, suspendida por tenue alambre de oro, el suave vaivén de columpiadota rama; estaba solo, solo en el santuario de una mujer hermosa; vivía entre el amor, la molicie, el lujo y, ¡quién sabe!, ¡acaso la falsedad!; desde mi jaula contemplaba a mis pies todo un mundo de pequeñeces, al parecer grandezas entre los hombres; anchos divanes de rameado raso dejaban escapar de sus bordes cascadas de seda y deshilachado hilo de oro; jardinera de bronce y afiligranado barro, sostenían plantas compañeras de aqeuellas otras que vi al conocer la vida, pero que solo eran iguales en la forma, pues mucho más reducidas o empobrecidas vegetaban buscaban un rayo de luz, y entreabriendo sus pálidas flores ante los minuciosos y artificiales cuidados de mi dueño; grandes lámparas de bronce y de china pendían, como mi jaula, de aquel nido de la tierra, y sobre mesas, muebles, estantes y veladores, un mundo de barro, metal, marfil, nácar, pórfido y alabastro, se mostraba a la vista bajo las múltiples formas que la naturaleza ofrece en sus infinitas y admirables transformaciones. Aquel gabinete era como una miniatura, hecha por tosca mano, de las grandiosas obras de la creación; en detalles admirable, en conjunto mísero; de mi reino no había más ejemplar que yo; a mi ama no le gustaban las aves, y solo por lo excepcional de mi belleza y mi mérito, pude entrar en aquel mundo sin creador.

Era feliz; cuidadosamente atendido, jamás me faltaba el agua cristalina en mi taza de cristal de roca, ni la fresca yerbecilla enganchada en los primorosos alambres; como de noche cambié de jaula, no conocía más cielo que un jirón azul o ceniciento, según las nubes que lo surcaban, que por entre las corridas cortinas aparecía como punto brillante de un más allá ignorado y desconocido; mi ambición era mi canto; separado muy joven de mis entendidos maestros, apenas si recordaba alguna que otra escala, y como en aquel recinto no vibraba otra armonía que la de mi garganta, yo luchaba con valentía por recordar el canto de mi infancia, creando en mis largas horas de soledad variaciones para mí desconocidas, y que brotaban entre mis trinos, bajo el soplo divino de una inspiración ardiente y avasalladora. La gloria de mis triunfos era escucharme; tenía la conciencia de mi mérito; sabía que valía mucho, y la satisfacción de conocer mi valor, creaba en torno mío un mundo de felicidades; además, sabía que me atendían; veía a mi dueña medio recostada en suntuosa otomana, suspender el caprichos trabajo que entre sus dedos tejía, fijando en mi entreabierto pico, la mirada de sus ojos grandes y melancólicos, y le oía decir con encantadora sonrisa: «¡Qué pájaro!, ¡parece mentira cómo canta! ¡Con él mi cuarto es un paraíso!» ¡Oh! ¡por qué ambicioné hacer de aquel rincón de la tierra un facsimil del alcázar del cielo...!

Un día se fue mi ama encargando que me cuidasen con delicada solicitud y que, para que no sintiera su ausencia, sacasen mi jaula al balcón de su cuarto; así se hizo, y aquel día vi por primera vez el cielo, me hallé de frente por la primera vez de mi vida con el pájaro libre, con el audaz compañero que vagaba cruzando con sus olas las ondas del aire, y llenando de armónicos sonidos las galas de la naturaleza; del balcón donde me pusieron, dominé un extenso jardín; al final de él se abarcaba un horizonte inmenso; el campo con sus altas lomas cubiertas de doradas mieses, sus solitarios y torcidos árboles; las enmarañadas viñas y los cenicientos olivares, y allá, muy lejos, las altas crestas de quebradas montañas medio vestidas de nieve; ¡el campo con su majestuosa belleza, con la diáfana luz de sus dilatados horizontes, con el purísimo ambiente de los aromáticos efluvios de plantas y de flores! ¡Oh!, ¡aquello era la vida de lo desconocido que se mostraba ante mis ojos en toda la extensión de su grandeza! ¿Qué paso por mí? ¡Lo ignoro!, ¡sé que mis plumas se ciñeron en derredor de mi cuerpo como frío sudario; sé que mis alas, trémulas y vacilantes, hicieron con brusco movimiento ademán de extenderse, y que al tropezar con el frío metal que me envolvía en círculo entretejido, se abatieron cayendo sin fuerza ni calor en derredor de mí; sé que mi pico entreabierto para modular un gorjeo, dejó escapar el eco ronco de un agudo grito, y sé que mi cabeza extendida, jadeante, ávida de penetrar en aquel horizonte que ante mi vista se extendía quedose inmóvil y fija, absorta en la contemplación de aquel nuevo mundo...! ¡Pobre preso!, pasó diciendo un pájaro ceniciento, feo en comparación a mí, pero hermoso en medio de aquel cuadro de pardos matices donde el batir de sus alas era la representación de la vida en acción. ¡Pobre preso!, gritó alejándose y perdiéndose como punto invisible en el océano de luz que lo envolvía...

¡Con que estoy preso!, murmuré mientras mis alas se recogían lentamente en torno de mi cuerpo, y mientras mi cabeza ciñéndose al cuello, dejaba huecas las plumas de mi pechuga.

¡Preso!, ¡preso!, y ellos ¡libres!, ¡libres! ¡Pobre de mí…! Aquel día no canté; pasaron muchos y mi voz se anudaba en mi garganta cuando quería modularla: ¡cantar estando preso!, ¡si estuviera libre! Por fin, llegó un día en que vencí la pena que embargaba mi voz y canté, pero, ¡ay de mí!, mi canto no era el trino melodioso, juguetón, alegre y agudo de los pasados tiempos; cantaba, sí, pero llorando; los gorjeos que de mí salían llevaban en sus notas gritos de angustia, sollozos de desesperación, quejidos de amargura, y dominando tan estrafalario concierto, sobresalía siempre, como la esperanza sobresales en los movimientos del dolor, una nota aguda y estridente que repetía sin cesar: «¡Libertad!» «¡Libertad!»

A fuerza de repetirlo llegué a amarla, y enamorado ya de aquel mito que, en medio de mi dolor, brotó como rayo de luz en densas tinieblas, sólo por ella llegué a comprender el por qué las plumas de mis alas se extendían en delicado círculo; desde entonces viví para la libertad; esperándola sufría tranquilamente la ausencia de aquel cielo que vi una vez no más; esperándola, volteaba en mi argolla de coral, como si en ella viese la rama que más tarde habría de sostener mi nido; y esperándola, ensayé nuevos cantos, creyendo que cuando para siempre la gozase, debía saludarla con el himno más hermoso de cuantos me inspirase el cielo…

Por fin un día le canté, con todo el entusiasmo de mi juventud, sobre las altas ramas de un ciprés…estaba libre, ¡libre!, y mi canto resonaba en el árbol, emblema de la muerte… Desde mi jaula, por un descuido abierta, volé a aquel árbol, que dominaba a todos; aunque corto el trayecto, la fatiga me rindió y allí posé mi planta y canté a la libertad; el cielo era mío, no tenía más que tender las alas y mecerme en sus etéreas gasas; el horizonte era mío; batiendo el aire con mis plumas, cruzaría lomas, vegas, olivares y montes; el más allá para mí no existía; la tierra era mi mundo, el cielo mi techo, la creación mi jaula. ¡Hermosa libertad…! Tendí mis alas, un dolor agudísimo me obligó a recogerlas, ¿cómo es esto?, ¿con alas no he de poder volar? ¡Ay de mí!, ¡no podía, el hecho era bien cierto…! ¡Cómo volar con ellas, si las cien generaciones de mis antepasados y yo con ellos nunca hicieron uso de aquellos miembros que para volar nos dio el cielo…! ¡Fatalidad! ¿Tendré que volverme a ese mundo en caricatura donde pasé mi vida? ¿Será posible que siendo pájaro, tenga que ir a encerrarme en el estrecho recinto de un antro informe…? ¡No!, dije con un arranque de indomable valor, mi sitio es éste; si logro acostumbrarme a este mundo en que jamás viví, mis hijos serán libres; probemos; no yendo lejos, tal vez pueda volar… Tendí las alas; el poderoso esfuerzo de mi voluntad a quien la libertad aguijoneaba, me dio fuerzas y volé; un árbol grande al borde de un camino fue mi parada; el sol se alzaba majestuoso en medio del cenit y su fuego, cayendo en abrasadores rayos, tornaba el ramaje del árbol en ardiente recinto; mi pico se entreabría de calor y cansancio, tenía hambre también. ¿Dónde comer…? Busqué con la mirada, y nada; sin embargo, yo veía algunos pájaros más pequeños que yo, que desde larga distancia, venían a recoger algo que yo no veía sino cuando ellos lo levantaba; me fijé bien y comprendí mi desgracia, no veía como ellos…; es decir, ¡que no solo mis alas eran miembros inútiles, sino que mis ojos también!

¡Pobre preso!, en la media luz de invernaderos y gabinetes, tus pupilas perdieron la potencia que les dio el cielo, y hoy no sabes recoger el mísero grano que para ti destinó la naturaleza; lloré cantando; solo cantar sabía y mi esperanza me llevó a creer que, al escuchar mi voz, acudiría algún ave que cariñosa me serviría de guía y de sostén en la ruda prueba que me esperaba; canté las más dulces endechas de mi infancia, aquellas que atraían en otros tiempos la atención de todos mis compañeros; al poco rato, un pájaro se posó junto a mí, luego otro y otro; todos eran pardos, del color de la tierra; sus recias alas y sus agudos picos demostraban bien claro lo acostumbrados que estaban a los rudos trabajos de la vida… ¡Ay!, ¡eran libres! Mirándolos seguí mi canción. De pronto un confuso clamoreo me advirtió que se hablaban; «que feo es», exclamaba uno. «Miren el remilgado y qué primores se sabe», murmuraba el otro. «Más valía que en vez de cantar se tiñese con tierra esas plumas chillonas y descoloridas». Callé trémulo de amargura… Yo, que me suponía belleza superior, era objeto de escarnio para aquellos reyes del aire; en esto llegase al grupo otra ave, me vio, lanzó un agudo grito y diciendo: «Está junto a mi nido», se lanzó sobre mí con el pico abierto y las alas extendidas; todos le siguieron, y antes de darme cuenta de mi nueva desventura, caía al pie del árbol a fuerza de picotazos y empujones. Hasta allí me siguió la saña del me creyó su rival, y magullado, con cien plumas de menos, herido y triste, pude en fuerza de temor, volar hasta un escueto olivo donde al fin me di cuenta de mi situación; la noche avanzaba, el hambre y la sed me acosaban con insufrible necesidad, el frío sucediendo al calor comenzaba a entumecer mi cuerpo, y con las tinieblas se acercaba para mí un mundo de terrores y de congojas; ¿dónde acogerme…?, ¡a mi jaula no!, ¡antes la muerte! ¡Sin libertad, para qué vivir!, ¡si al menos tuviese hijos! ¡Ellos sí que serían libres!, pero nada, estoy solo, y la noche llega con sus sombras y sus rumores: los gritos de las nocturnas aves, la fría escarcha de sus nieblas, lo espantoso de su soledad… Ahuequé mi plumaje, me recogí debajo de una rugosa corteza, y temblando de frío, de hambre y de sed, cerré mis ojos, mientras un pío quejumbroso y doliente se escapaba de mi desgarrado corazón; ¡qué noche!, solamente la esperanza de no pasar otra me anima a describirla. El cielo con sus astros, suspendidos sobre mi cabeza, parecíame inmenso capuz que dejaba al descubierto mil ojos, ávidos de buscarme para herirme; la tierra parda y fría, perdiéndose en la sombra, ante la escasa fuerza de mi mirada; y yo, aterido de frío, temblando de terror, sin más apoyo que la frágil rama que más de una vez osciló ante el vuelo del búho, que, con sus ojos rebuscadores y brillantes, intentaba hacer presa sorprendiendo la adormida república de las aves, contando con espanto los eternos instantes de aquella noche en la cual sufrí mucho más que la más temerosa fantasía pudiera figurarse.

Nada hay en mí de ayer; no vuelvo a mi dorada prisión, porque, enamorado de una vez para siempre de lo que en mí despertó el dolor y el placer, quiero ser mártir de mi pasión y abrazado al áspero tronco donde hallé mi martirio y mi felicidad, quiero morir por la libertad, puesto que por ella viví; y al sucumbir a los rigores de un mundo que no es mío y de una naturaleza que me rechaza como espurio, siendo su hijo, quiero exhalar mi último canto en loor de ella y por ella, para que si alguna vez se creyese indignidad el exceso de mi amor, en fuerza de su misma intensidad, y de mi prolongado martirio, se haga sublime su causa y me redima de mi pasión al morir por ella…

Antes de salir el sol, próximo a perder para siempre este don de la vida que no ha sido bastante a darme la felicidad en la tierra, dejo caer al pie del árbol donde voy a morir, las plumas en que lego a la posteridad las memorias de mi existencia, y ¡ojalá!, viajero, que al pasar las recojas diciendo al leerlas: ¡he aquí lo que cuesta el primer día de libertad!

LOS INTERMEDIARIOS
(Boceto)

I

Etimología de la palabra

Viene de intermedio: intermedius, interjacens: aquello que se encuentra entre dos extremos opuestos; la parte media de una línea recta que no lo sería sin la precisa condición de tener en su dentro ese agente que liga su principio y su fin: he aquí el intermediario. La historia de la geología, o sea de la formación de la tierra, nos lo muestra alguna vez fósil en la escala animal o vegetal, ligando especies extremas y desconocidas en la actualidad.

El intermediario es el preciso eslabón con que se une la existencia en sus múltiples transformaciones; es una palabra que realiza todas las evoluciones de la naturaleza; su origen es divino, suprimirla es suprimir a dios; desde Él hasta nosotros, debe existir un intermediario; este es el espíritu, intermediario entre la divinidad y la materia, entre el alma y el cuerpo, entre la idea y la palabra, entre el Creador y la criatura: he aquí el intermediario celeste.

En el mundo de los sentidos, el intermediario son los nervios; unen las manifestaciones del espíritu a los movimientos de la carne; hacen vibrar los gustos sensitivos bajo el impulso de la inteligencia, intermediaria del espíritu, intermediario de Dios; henos ya con la cadena reconstruida desde los últimos eslabones, por medio de los intermediarios; desapareciendo esos agentes de la unidad, desaparecería la armónica escala de la naturaleza; la significación de esta palabra es, pues, tan sublime como la precisa de las leyes que regulan la vida; hay que admitirla como necesaria, reverenciarla como divina, conservarla como reveladora; traduce todo un mundo de misterios; es el universo puesto en acción bajo el poder de las perfecciones armónicas de dios; sin ella no pueden reconstruirse los principios de la vida, como no pueden adivinarse los fines del espíritu; esta palabra forma los sostenidos de la creación; suprimiéndola, marcando rudamente con enérgicos trazos los contornos de la vida, desaparecería de entre nosotros el claroscuro de las obras de la naturaleza; el mundo del espíritu y de la materia, serían vigorosos escorzos jamás suavizados por los tonos de las medias tintas; henos aquí de frente con la necesidad imprescindible de los intermediarios, lo mismo en el mundo físico que en el mundo moral: pasemos a otro género de reflexiones sobre el asunto.

II

Los intermediarios geológicos

Son muchos y en múltiples formas y, sin embargo, no son bastantes a reconstruir con minuciosa perfección la escala de los seres.

Desde la piedra hasta el hombre, faltan infinidad de intermediarios, que los profundos estudios de los más hábiles geólogos no han podido descubrir, pero que no por esto se les niega la existencia.

Remontemos el pensamiento a los tiempos en que nuestro sistema planetario era una nebulosa, masa de luz fosforescente, rielando en la inmensidad de los espacios siderales; desde entonces hasta el momento que separados en órbitas gigantescas empezaron a girar los planetas alrededor del Sol, existe un intermedio fabuloso de miríadas de siglos, intermedio que apenas concibe la mente y que nunca analizaron los sabios; he aquí, en esos siglos, los primeros intermediarios que contribuyeron a la formación de nuestro universo.

La Tierra es un hecho; el enfriamiento de su corteza ígnea, la inmensa pérdida de su calor central, al girar en vertiginosa carrera por las soledades del éter, modifican las condiciones de su naturaleza, crean su atmósfera y la disponen para recibir los primeros gérmenes de la vida; henos ya en el periodo intermediario entre la potencia del Creador y el nacimiento de la criatura; ya estamos enfrente de las primeras manifestaciones de vitalidad desarrolladas en la frágil corteza de nuestro incandescente planeta.

El agua, condensándose en la atmósfera, cae en torrentes de fuego sobre la tierra, ofreciendo la cuna que sirve de origen a los seres orgánicos; en este momento aparece el periodo de transición, punto intermediario entre la nada y el todo, entre las tinieblas y la luz, entre la muerte y la vida.

La naturaleza se desarrolla exuberante sobre nuestro globo, mal enfriado todavía, llevando en su seno torrentes de lava y mares de fuego; bajo el calor externo del sol y el de sus entrañas, se forman los gigantescos bosques de helechos y de calamitos; aparece el reptil, así como en las aguas el zoófito y el pez; y el periodo hullífero marca su paso sobre la superficie de la tierra; he aquí otro intermediario en el cual han de terminarse los más arduos problemas de la generación espontánea.

La tierra se puebla de infinidad de seres; los peces y las aves, los reptiles y los mamíferos, los zoófitos y los insectos vagan por sus contornos, cruzando el mar, girando en el ambiente, arrastrándose en los pantanos, paciendo en las praderas, vegetando en las rocas, zumbando en los bosques; la creación se realiza en sus maravillosos principios, y los tipos primitivos de los seres orgánicos aparecen sobre la superficie de nuestro globo con toda la salvaje rudeza de sus formas enérgicas y vigorosas; la tierra registra entonces otro periodo intermediario entre los orígenes de la vida y las modificaciones consecutivas a los medios en donde tiene que desarrollarse.

Pero el mundo está hecho; nada importa que parciales enfriamientos de su superficie trastornen las escalas botánicas y zoológicas; nada importa que la desviación de su órbita primitiva empuje las aguas de los mares y deshaga en diluvio las nubes del cielo, sepultando en ondas cenagosas especies enteras; los orígenes de la vida, manifestados ya en la extensión terráquea, subsistirán a pesar de tan espantosos cataclismos, y los grandes misterios de la creación tendrán ancho espacio donde realizar sus maravillas, en tanto que el calor del astro central reparta sus benéficos rayos por la superficie del planeta.

Pero aun no ha terminado la geología de manifestarnos sus intermediarios; en pos de los grandes periodos en que divide la formación de la costra terrestre, vienen las divisiones zoológicas a iluminar con su brillante colorido la formación de nuestra planetaria morada; la geología desciende hasta encontrar el humus, humildísima cuna de nuestras fecundas existencias, y desde aquel elemento orgánico parte, por grados ascendentes, hasta encontrarse con el mamífero cuadrumano, última manifestación de la vida, con la cual cierra la geología sus hábiles descubrimientos. Del uno al otro extremo existen los intermediarios, y, por consecuencia lógica a la forma clasificadora de los periodos geológicos, entre esa extensa colectividad de intermediarios, entre el humus y el hombre, entre el germen y la criatura, entre la idea y la forma, existen, a manera de firmes pilares, especies tipos donde convergen las condiciones opuestas, representadas por otra serie de intermediarios. Del uno al otro reino, de la una a la otra especie, la transición se verifica insensiblemente, por medio de seres cuyas cualidades alcanzan alguna parte de los extremos; subdividiendo esta segunda escala, encontramos también tipos que concretan especies y familias, y entre ambos otra serie de intermediarios, muchos de ellos perdidos con toda su descendencia en la oscura noche de los siglos pasados, y algunos, tales como el pterodactylo presentándose en esqueleto fósil ante las escudriñadoras miradas del geólogo y mostrando en su gigantesco cuerpo de reptil, en su poderoso cuello y cabeza de pájaro y en sus vigorosas alas de murciélago, la misión intermediaria de su existencia, lazo de unión entre el ave y el saurio, entre el cielo y el cieno, entre lo bello y lo feo, entre la luz y la sombra.

Por donde quiera que abra la geología sus páginas de piedra, se descubren vestigios del intermediario, y si a grandes distancias se pierden en las tinieblas de esos escalones por donde la vida ascendía a su perfeccionamiento, en otros periodos está reconstruida con minuciosos detalles tan hábil evolución, no habiendo género de duda al afirmar que existieron los intermediarios, hoy perdidos a pesar de las indagaciones de la ciencia, puesto que con una sola especie, con una sola familia, con un solo individuo en que aparezcan las cualidades distintivas de su misión intermedia, basta para asentar como ciertas las modificaciones ascendentes de la vida por transiciones lentas y múltiples.

III

El intermediario de la especie humana

A primera vista, y sin previo conocimiento de causa, a cualquiera se le ocurre que el intermediario de nuestra especie es el gorila o mandril, y aun los que más avanzan suponen encontrarle en el cafre o en el hotentote: no se puede negar, de una manera rotunda, que ambos grupos no forman una clase de intermediarios entre nuestra familia; pero el sitio que ocupan en la escala animal es anchísimo terreno donde se hallan diseminadas las cualidades distintivas de la humanidad, desde sus más toscos principios hasta los trazos rudimentarios de la más alta inteligencia; por lo tanto, no puede verse en esos grupos de monos y de salvajes otra cosa que el principio de una especie intermediaria, es cierto, de otras más toscas e inferiores, pero nunca el paso insensible y delicado al perfecto ser racional; entre el mono y el cafre han debido existir un sinnúmero de intermediarios, así como entre el cafre y el hombre existe una infinidad de los mismos, siendo casi seguro que entre el hombre y el ángel existirán miles de especies intermedias; la dificultad de encontrar las perdidas entre el gorila y el hotentote es insuperable; no se ha descubierto ningún ejemplar que las manifieste, y si fuera posible que así en la estructura anatómica se encuentran analogías asombrosas, se hallasen afinidades en la moral, el paso medio estaría reconstruido; pero desgraciadamente el abismo no se llena, y el orgullo humano es una de las rémoras que entorpecen la aclaración de tan arduo misterio: ya se ve, ¿cómo conceder sin violencia que nuestros abuelos descendían por línea recta de una pareja de mandriles…? ¡El salto es espantoso! Desde la divinidad al mono, desde el hombre hecho a imagen de Dios hasta el racional nacido del cuadrumano, la negación es absoluta, aunque la evidencia geológica y anatómica sea un hecho consumado. A partir de esa especie de intermediarios perdidos entre el mono y el hombre, ya no se reconoce ninguna gradación en la escala de los racionales; todos son hombre; desde el hotentote hasta Miguel Ángel, desde el cafre hasta Dante, desde el patagón hasta Sócrates, y sin embargo, la escala no está cerrada en una sola nota representada por el hombre; hay intermediarios que, partiendo del estado salvaje o rudimentario, preparan suavemente, por medio de conatos de racionalidad, el ascenso a la suprema inteligencia del hombre.

He aquí la gran dificultad para los actuales moradores de nuestro mundo; buscar, encontrar, bajo las multiplicadísimas y variadas formas en que se presentas, a esos intermediarios de nuestra especie, verdaderos híbridos, que arrastran su organismo por las esferas de las más nebulosas constituciones, y no hay que buscarlos fuera de las divisiones de raza; nada de eso, el intermediario del negro no puede ser el malayo, como no puede ser el intermediario del blanco ni el esquimal ni el mogol: los intermediarios de las razas hay que buscarlos entre sus congéneres, y de aquí la inmensa dificultad de hallarlos, mucho más cuando los caracteres exteriores apenas si difieren, ante los ojos del más sagaz observador, de los rasgos característicos de sus semejantes. ¿Acaso la dificultad de encontrarlos demuestra que no existen? Nada de eso; existen, se ven, desprendiéndose de vanas preocupaciones; y aun más, se ven en asombroso número de ejemplares; estos seres pululan y se multiplican; para cada individuo de la especie humana que ostenta en su completo desarrollo las facultades racionales exclusivas del hombre, hay cien intermediarios que no poseen más que en estado rudimentario, en embrión, y permítasenos la frase, las condiciones del alma; no parece sino que a medida que la vida avanza hacia su perfeccionamiento, se hace más precisa esa preparación paulatina hacia lo exacto, demostrada por los seres intermedios.

Sin duda en los crisoles donde se purifican los atributos del espíritu racional, tienen que verterse en grandes cantidades diferentes escorias, cuyas partículas invisibles sean aprovechables para la formación del todo perfecto; solo así, y después de haber reconocido en el estudio del ayer la presencia ineludible de los intermediarios, es como se puede contemplar, sin movimiento de espanto, esa inmensa familia de seres que llena el vacío entre el irracional y el hombre, entre el instinto y la inteligencia.

$$IV$$

Rasgos característicos del intermediario de nuestra raza

Este es el punto culminante de la cuestión. Una vez conocida la etimología y significación de la palabra; una vez repasada la geología y expuestos en diferentes formas, condiciones y estados sus periodos intermedios; una vez asentada la imprescindible necesidad de su existencia, y, por último, una vez encontrados vivientes los intermediarios del hombre, es necesario, si no se quiere que tal aserto pase a la categoría de fábula, probar en qué, cómo y cuándo se conocen esos célebres intermediarios del hombre. Asunto difícil, porque hay que descender mucho: desde la tierra en estado ígneo hay que bajar hasta el gomoso de nuestra sociedad; desde el periodo de transición tenemos que penetrar en el perfumado ambiente de un gabinete a lo Luis XV; desde el interior de los bosques de calamitas hay que encerrarse en las oficinas de algún banco hipotecario sobre porcelanas del Japón; hay que sentarse en los escaños de un congreso, en las butacas de un coliseo, en las trastienda de un comercio, y hasta en la sibarítica mesa de un título nobiliario y de una mujer de moda…

¡Tales distancias y tan profundos abismos hay que recorrer para adentrarnos de frente con los intermediarios de nuestra raza! Véase, pues, lo difícil del asunto y lo arduo de la empresa; pero no importa: la verdad es luz, y siguiéndola, no hay laberinto donde se pueda extraviar el hombre, y como el intermediario existe, es decir, es una verdad, y como para encontrarle basta fijarse con detenimiento en las particularidades que ofrece, y como es muy conveniente que se extienda el conocimiento de tal ser, puesto que admitido y tratado como intermediario pasa a la categoría de inofensivo, y no siendo a primera vista descubierto puede acarrear profundos y graves perjuicios, de aquí la precisión de poner de manifiesto las condiciones y rasgos característicos que lo distinguen.

El intermediario se halla en los dos sexos en iguales proporciones; empezando por el que se considera superior, se puede decir que se encuentra en todos los estados de la vida; aun hay más, la edad no modifica en nada sus espacialísimas condiciones. El intermediario puede ser noble y plebeyo, aunque abunda más entre la primera clase, toda vez que el pueblo es, en colectividad, un gran intermediario de las clases superiores, y en medio de sus masas los individuos de inteligencia son las excepciones; por esta razón, hay más intermediarios, proporcionalmente, en las altas esferas de la humanidad: tenemos, pues, el intermediario noble y plebeyo, rico y pobre, casado y soltero, sacerdote y seglar, joven y viejo, masculino y femenino: como se ve, la especie es numerosa y variada.

El intermediario, en su parte física, es casi igual a los demás hombres, aunque la frenología demuestra con frecuencia grandes diferencias en sus cavidades cerebrales; pero estas diferencias solo se manifiestan a los ojos de la ciencia, ayudada por el estudio; las masas, el total de la humanidad, no distingue esos rasgos frenológicos del intermediario; solamente en sus ojos, en su fisonomía, puede el hábil observador ver algunos detalles de sus condiciones especiales.

El intermediario es afectado en sus gestos y miradas; hablando y expresándose por sensaciones instintivas, nunca marchan acordes los movimientos de su fisonomía con la exposición de sus ideas; no oyendo el eco de su palabra, es decir, viéndole hablar sin oírle, su gesticulación es la más viva copia de los ademanes peculiares del mono; en esto es menester insistir, porque es uno de los caracteres exteriores, donde más se conoce su afinidad con los cuadrumanos; en su risa también encuentra el observador rasgos inequívocos; si es hombre, se ríe en una nota aguda, sarcástica, como el grito del pavo real, y su risa suele ser tan extemporánea al asunto de que se trate, que hiere de una manera desagradable el tímpano del oyente. Otro detalle: cuando el intermediario no es romántico, en cuyo caso su risa no pasa de mueca, y esta clase está en minoría en la especie, entonces es excesivamente jocoso, siempre se está riendo y siempre a gritos.

Si el ser es hembra, entonces su risa no es aguda, es bronca, como la carraspera catarral: es una carcajada hueca, sonora, prolongada en ocasiones hasta el enrojecimiento de las mejillas, pasa con frecuencia a risa nerviosa, es mucho más afectada que la de su compañero, y siempre hace el efecto que haría una bomba estallando sobre la mesa de un festín; los ademanes en el femenino de la especie, tienen un sello especial de coquetería huera y perfilada que funda sus dengues y sus monerías en la colocación de un pliegue de la falda, en el afianzamiento de una flor prendida en el cabello, y en la colocación perpendicular de algún herrete, borla o cintajo con que se adorna la individua, porque conviene saber que la intermediaria es perfectísima imitadora de cuantos maniquís viste la moda.

Para terminar la serie de caracteres exteriores del intermediario, se puede citar la vaguedad de su mirada; a pesar de sus esfuerzos para que aparezca melancólica cuando el asunto de que se trata es triste, brillante cuando es alegre, profunda cuando es grave, observadora cuando es científica, sus ojos son dos inmensos fanales por donde se asoma un alma informe, indeterminada, solicitada por igualdad de partes, lo mismo por las toscas sensaciones del animal que por las atracciones de la racionalidad. Los ojos del intermediario brillan sin reflejos, buscan sin intención; en una palabra, miran sin ver, y sin que en la vaguedad distraída de su mirada se pueda adivinar el alma ensimismada en grandes dolores o en profundos análisis; miran sin ver, porque su fuerza de penetración no alcanza al punto culminante de los destinos humanos.

Donde se manifiesta con más claridad las condiciones de estos seres, es en el consorcio de sus ideas por medio de palabras; en este terreno, basta fijarse con detenimiento para conocerlos entre cientos de racionales, y eso que también existen intermediarios que, como aquellos borrachos del cuento que engañaron al diablo con la viveza de sus movimientos, engañan a la mayoría de los hombres con su culta manera de expresarse y el modo desenvuelto de conducirse; estos intermediarios son peligrosos, si no se les llega a conocer enseguida, porque suelen extraviar el criterio moral del racional en un laberinto de sandeces que no en pocas ocasiones acarrea el conocimiento de los vicios y hasta del crimen; estos intermediarios son, por lo general, nacidos en altas esferas, rigen la formación de las costumbres de ciertas clases sociales, por sus riquezas, por sus títulos o por su posición, y casi siempre por su audacia; su moralidad está resumida en estas frases: «Chico, la condesa X estaba anoche divina; se lo dije delante del ente de su marido y mirándola de un modo que… vamos, el hombre me comprendió, y pretextando asuntos en la embajada, se marchó dejándome el campo libre, y… en fin, nada, te digo que… ¡delicioso, delicioso!»

En cuanto a sus ideales políticos, también son fáciles de concretar. «Ayer comí con el ministro, y me dijo que era menester que me presentase por el distrito de C.; el hombre ha olido mi importancia entre sus enemigos políticos, y yo me dejo querer; ¡qué demonio!, si con la diputación logro una subsecretaría y el dote de la sobrina del ministro, volveré la casaca, porque a mí, después de todo, lo mismo me da de los unos que de los otros.»

En cuanto a sus conocimientos científicos o literarios, también se manifiesta en breves palabras: casi siempre se presentan con todo el aire de la más alta suficiencia; su voto, en todo, lo creen indispensable, por más que se pueda pasar perfectamente sin oírle, y lo dan siempre, aunque nadie se lo pida; si se trata de ciencia, se explica su pensamiento en corto espacio. «Hoy han estado en casa del duque insoportables; figúrate que empeñaron una discusión sobre las teorías de Darwin; el barón X se empeñó en probarnos que en cortándole la trompa a un elefante nacen sus hijos sin trompa; yo me dormí al arrullo de la discusión; ¡cómo si fuera posible que mis hijos naciesen mancos, cortándome a mi los brazos!; como den en esta clase de asuntos, no vuelvo a poner los pies en aquella casa». Como se ve, el intermediario es profundo conocedor de los experimentos científicos.

Si de literatura se trata, llama a los dramas de Calderón y de Lope rancios dramones del género romántico; le llama al Sr. Echegaray Pepe, y acude a los estrenos llevando de repuesto una infinidad de frases hechas en contra del autor, de la obra y de los actores, frases que suelta en cuanto encuentra ocasión; y si el éxito de la obra no le permite desembuchar el inocente acíbar de sus vísceras biliares, cambia los adjetivos denigrantes, en periodos de grandilocuencia laudatoria, y es el primero que se arrastra, con la miel de la adulación en los labios, a los pies de aquellos que iba dispuesto a zaherir.

El intermediario no tiene patria conocida; es cosmopolita, no como lo es el filósofo, el naturalista o el médico, sino como lo es el mono; generalmente, denigra con sistemática parcialidad todo cuanto se relaciona con el suelo donde nación, y empieza, para conseguirlo, por el lenguaje; el intermediario no busca para la expresión de los conceptos frases castizas, puras, concretas, y sobre todo, originales del idioma de su patria, sino que, haciendo una mezcolanza monstruosa de vocablos extranjeros y nacionales, borda su lenguaje con los más estrafalarios colores, y muchos, no contentos con amanerar la dicción, intercalan, sin modificarlas, frases de distintos idiomas, lo cual, según ellos, es la supremacía de la distinción, del gusto y del talento, quedándose muy satisfechos cuando a una cortesana le llaman dame du demi monde, y a lo más escogido de un círculo aristocrático le dan el nombre de high life.

Uno de los rasgos distintivos del intermediario, es su afán en distinguirse de cualquier manera que sea de la mayoría de los mortales, encontrando en el amaneramiento y ampulosidad del lenguaje uno de los principales medios para conseguirlo, puesto que unos pocos por prudencia, muchos por ignorancia, y la mayor parte por pertenecer también a la especie de los intermediarios, suscriben con su silencio, con su admiración o con su anuencia, a esa especie de carcoma cosmopolita que invade el habla castiza y peculiar de cada nación.

El intermediario es eminentemente pulcro; entendámonos, gasta caudales de agua, arrobas de jabón y litros de perfumes en la conservación y embellecimiento de sus miembros; suele, sin embargo, y a pesar de este minucioso cuidado de su persona, no ser todo lo limpio que requiere la condición de racional, puesto que, bien por el uso de grasas, polvos, mantequillas y cosméticos (artículos que extiende sobre su piel después de las abluciones), o bien por el embrutecimiento sensual en que pasa la vida, despide ciertos tufos y olores que no bastan a disipar ni el extracto de magnolia, ni la esencia de heliotropo.

Pasemos ahora al género femenino, para que una vez conocida la especie en sus dos sexos y en su periodo más completo de desarrollo, se indiquen algunas particularidades inherentes al intermediario en distintos estados.

V

El intermediario-hembra

Ya quedan expuestas las condiciones más esenciales de su constitución externa. La intermediaria es eminentemente coqueta en todas las pequeñas puerilidades de la vida; sus uñas, sobre todo, son los agentes externos que más llaman la atención de sus facultades intelectuales; para ella exclusivamente han sido inventados esos estuches de minuciosos instrumentos, cuyo uso, para un racional inexperto en conocer el medio en que se desarrolla el ser de que tratamos, pasaría por una caja de instrumentos anatómicos: tal abundancia de piezas presentan los indicados estuches y tal diversidad de formas existen en las piezas.

Después de las uñas, su atención se fija en la formación de los ojos; una pincelada de más, una sombra demasiado pronunciada, una línea exageradamente recta, causan un verdadero cataclismo en el cerebro de la intermediaria cuando se confecciona sus gracias físicas delante de su neceser de pinturas, porque así como el intermediario para lavarse necesita estar en agua un par de horas al día, la hembra de la especie necesita pintarse todo lo que se ve, y a veces hasta lo que no debía verse.

Después de estas condiciones ineludibles a la vaciedad de su inteligencia, vienen los rasgos sobresalientes de su especialísimo carácter: generalmente, la intermediaria suele ser más perjudicial que su compañero, pues exacerbadas en ella las cualidades malignas del sexo, así como en la estupidez del intermediario solo coge la vanidad, en la de la hembra se desenvuelve la vanidad envidiosa en grados ascendentes, que suelen llegar hasta la envidia vengativa, o sea la criminalidad. La intermediaria envidia muchas veces sin saber el qué, pero siempre aquello que no posee, hasta el extremo de zaherir con el sarcasmo más refinado a cuantos se ven en posesión de lo que ella no tiene; de esta irritabilidad de pasión envidiosa provienen sus manera petulantes, su falsedad en el trato social, elogiando finamente aquello de lo cual se burla con sangriento coraje, así que encuentra ocasión para ello; de la misma causa parte su afán de que todo lo que no sea ella es cursi, vulgar, estrafalario, ridículo, provocativo, etc.; esta es una señal inequívoca para conocer a la intermediaria; aquella que usa en su conversación los adjetivos expresados, es esencialmente intermediaria del racional; su organización se encuentra en la zona media que existe entre el gorila y el hombre.

Además de estos caracteres, la intermediaria presenta una inferioridad de entendimiento, un estado embrionario de comprensión intelectual que conmueve al observador, llevándole no pocas veces desde el desprecio a la conmiseración, desde el odio a la tristeza; hablad de cosas profundas durante ocho minutos con una intermediaria, y la noche de aquel cerebro, medio organizado para recibir las sensaciones, causará un asombro inmenso; esta clase de mujeres no comprenden jamás ciertas verdades, y para ellas el sentido moral es una palabra completamente vacía de significación, sin que alcancen nunca ninguno de los altos fines de la humanidad: decidle a una intermediaria que la naturaleza, que Dios, que la racionalidad rechazan con repugnancia las microscópicas puerilidades de la moda, y la veréis soltar una carcajada chillona y calificar de ordinarias a las gentes que piensan así, llamándolas sublime cursilería, entes más estrafalarios entre los más estrafalarios burgueses; decidla que más fácilmente se encuentra a Dios en el sencillo canto de la alondra que en la suntuosa novena, que celebra, acompañada de su traja de falla y de su sombrero Rubens, y se la verá palidecer de ira, y con fino sarcasmo preguntar si algún amor romántico perturba las facultades del que así piensa, hasta el punto de preferir un prado de fresca hierba al empedrado de la Puerta del Sol (y entiéndase que puesto que en España y por española están hechos estos apuntes, trato de nuestro intermediario, sin que por esto niegue la existencia de la especie entre las demás razas y naciones de la tierra).

Así como la nota grave de la intermediaria es la envidia más sistemática y la vanidad más depurada, la nota aguda es un egoísmo que raya muchas veces en monstruoso; para la intermediaria no hay más que ella; fuera de ella, cuantos la rodean, sean padres, hermanos, esposo o hijos, son seres exclusivamente destinados a enaltecerla o a servirla; en esto avanza mucho, perdiendo terreno de la línea instintiva en que se desarrolla el animal; la intermediaria ve en los autores de sus días un elemento indispensable para la exposición de sus gracias o de sus riquezas; en su esposo encuentra un ente necesario para adquirir la posición social y el respeto y las consideraciones humanas, y en sus hijos halla unos objetos imprescindibles para desplegar sus cualidades de elegancia o suntuosidad, haciéndolos maniquís de sus caprichos y de sus vanidades; y cuando llega a ser abuela, mira en sus nietos el último cerco donde puede hacerse admirar bajo los dictados de matrona, austera dama, etc., etc.

Como se ve, estas mujeres giran en una esfera cuyo centro son ellas mismas, pero sin que nunca conciban que puede existir otro mundo que aquel por ellas inventado, y en esto se advierte la pureza de su especie intermediaria. No es que sean malvadas; la maldad, y mucho más en su grado máximo, demuestra generalmente un conocimiento de causa y de efectos que nunca acusan un cerebro rudimentario, ni una organización imperfecta; el malvado es el ser pervertido, no es el ser anulado; y así como la perversión siempre se caracteriza por una poderosa penetración intelectual, así la condición de intermediario lleva por causa, bien que realice actos punibles, el más absoluto embrutecimiento de las cualidades de la inteligencia. Por esto los intermediarios no son perjudiciales a la sociedad, sino cuando pasan desapercibidos sus caracteres especiales; entonces pueden muy bien confundirse con el perverso, en cuanto que realizan actos semejantes a los reprobados por el racional; pero conociéndolos, distinguiéndolos entre las masas y apreciándolos en su justo valor, los intermediarios son, a lo más, pobres seres desprovistos de los más excelsos atributos de la inteligencia humana, seres guiados solo por el predominio del instinto, incapaces de perturbar con sus actos los principios fundamentales de lo bello y de lo bueno; pues entre la media-tinta, en el claro-oscuro donde se desenvuelve su inteligencia, si bien son incapaces de presentar grandes bellezas ni de realizar grandes bienes, son nulos para perseverar en reprobados vicios ni en funestas maldades: ellos son siempre, y en todo, intermediarios.

VI

Los intermediarios en diferentes estados

Los tenemos patricios; éstos son los que más daño suelen causar porque ocupan un sitio que acaso quitan a verdaderos racionales: en esta clase los hay con diferentes condiciones, unos son los rectos y otros los cínicos; los primeros son una verdadera plaga cuando desenvuelven en toda su plenitud las cualidades que poseen; estos patricios rectos suelen ser jóvenes; ellos nunca ceden ante ninguna sugestión, su moralidad es inflexible, su rectitud asombrosa, verdaderos parásitos de la sociedad y de la familia, viven a su costa haciendo de su ficticia virtud una inmensa escalera; suben, suben por ella y algunos llegan a los primeros puestos del Estado, donde, desde luego, se les acaba la rectitud, y lo más gracioso del caso es que, mientras escalan las posiciones, existe entre sus actos y sus palabras una extraña anomalía, una mezcolanza informe y ridícula; ellos son incapaces de hacer antesala a ningún personaje para pedirle una merced para los suyos, porque la rectitud de sus principios se lo impide, pero salen diputados cuneros siempre que para ello se les presente la ocasión; ellos no pueden gestionar la terminación de algún negocio importante, porque podría suponérseles interesados en el asunto, y se lo impide su escrupulosa rectitud; pero encuentran muy natural pasar a la categoría de amantes de alguna dama, que por su influencia, su riqueza o su posición, les facilita la ascensión hacia el punto culminante de sus aspiraciones: esto es en cuanto al recto.

El cínico es más fácil de conocer y menos peligroso que el anterior; éste es de los que dicen después de una votación perdida, o poco menos, para el Gobierno: hoy sí que les hemos dado una paliza, y su voto figura entre los de la mayoría oficial; de esta madera suelen también salir grandes personajes, y no es difícil verlos asaltar los primeros puestos de la nación, con el fin, según ellos, de redondearse, o con la esperanza de hacerse una buena cama para caer en blando.

Estos intermediarios, padres de la patria, pasan a la posteridad sin que la nebulosa atmósfera donde está envuelta su verdadera personalidad se disipe ante los sucesores del hombre; de todos los de su especie, este es el más dañoso y el que menos se conoce, porque la posición que ocupa le defiende de las escudriñadoras miradas del observador racional; a pesar de los trastornos que su presencia causa, así en la organización política como en la administrativa, no es todo lo dañino que pudiera ser, atendida la esfera en que se desenvuelve, y suele ser barrido, en ciertos periodos, por el viento de las revoluciones, que, como es sabido, arranca de raíz las malas hierbas, dejando solo en pie los fuertes árboles.

El intermediario sacerdote radica en las aldeas no muy retiradas de los grandes centros, que en aquellas solo pueden subsistir los hombres de sano criterio, recto juicio y sólida virtud, pues en medio de la solitaria grandeza de la naturaleza no hay mareo posible para la pequeñez del intermediario; en las aldeas próximas a las más fáciles vías de comunicación, donde pueden participar del sibaritismo de la vida y de las alegrías de la naturaleza, allí es donde generalmente se encuentra el ser que nos ocupa; suele mostrarse alguna vez en una Metropolitana, pero nunca traspasa ciertas categorías sacerdotales, porque el clero es la clase social que mejor expurga sus instituciones de medianías y nulidades, no dando entrada en ciertas esferas sino a los que poseen en alto grado la cualidad distintiva del hombre, la inteligencia, bien que se emplee en sublimes o artificiosos fines. Por esto, allá en el pueblo, es donde suele verse el intermediario sacerdotal, con su manteo grasiento, alguna vez salpicado del espirituoso mosto, subido en alto mulo, con una magullada colilla entre los rugosos labios, llevando en ancas de su cabalgadura a la dueña de la casa donde mora, y caminando en amor y compañía de sus feligreses a celebrar una romería en alguna ermita de los alrededores; o bien se le halla con destemplada voz y tras una perorata sobre si los partidos negros debían ser blancos o viceversa, explicando en tono de anatema profético la dulce doctrina del Crucificado, que no en balde murió sobre tosco madero, como demostrando que solo entre las ortigas se pueden apreciar las rosas, y que únicamente en la agrietada corteza de un leño informe podría brillar en todo su esplendor la magnitud de su sacrificio.

El intermediario, hombre y mujer, en estado matrimonial, ofrece curiosísimos ejemplares; desde el cominero hasta la erudita, hay una variedad asombrosa; el uno preguntando en qué se gastaron los dos cuartos que sobraban de la cuenta, y la otra citando el incendio de Roma por Nerón, cuando su marido la interpela por haberse churruscado la ternera, son pruebas evidentes de esta numerosísima familia. Los hijos de estos matrimonios, conservan siempre en toda su purea las cualidades de sus progenitores; estos niños toman rabietas sistemáticas durante la lactancia; cuando mayorcitos, se entretienen con verdadero placer en desplumar vivo a un pollo o en clavar con un alfiler cuantas moscas pillan; si son hembras, desde pequeñitas se pasan las horas muertas delante de un espejo con lo que sus embebidos padres llaman coquetería infantil, y no es otra cosa que el principio de sus condiciones intermedias.

Cuando llegan a la pubertad, algunos se tiran por el viaducto o por otro sitio elevado, desesperados por las amarguras de la existencia, porque no les quiso alguna vendedora de El Imparcial, o porque el traje que la fulana lució en las últimas fiestas había oscurecido al que ella estrenó; otros de estos seres acuden a las universidades y academias para después de duplicar los años de carrera, ingresar en el foro, en la política, en la milicia, o en algún cortijo, donde ponen de manifiesto sus relevantes cualidades, bien dictando sentencia favorable a indulto para uno que mató a siete de su familia, por suponerle en estado de enajenación mental, por más que toda su vida haya dado el asesino de pruebas de ser pillo y no loco; votando nuevas imposiciones a los contribuyentes, porque aquellos que le dieron el distrito son los que las proponen; haciéndose llamar capitán, comandante, coronel, y así sucesivamente por todos sus subordinados, aun cuando se trate de asuntos tan familiares como pedir un vaso de agua o empezar una partida de tresillo; y, por último, recorrer los graneros del cortijo, haciendo que el administrador de las tierras limpie de gorgojo el trigo, y obligando a la cortijera a que aprenda a cantar manchegas.

Cuando en el matrimonio uno de los cónyuges no es intermediario, lo cual raramente sucede, porque los individuos de la especie se buscan en sus dos sexos, y solamente por extravío de pasión o calculo positivista se realiza la desigual unión, entonces los hijos suelen aparecer algunos grados más perfectos en la escala, pero siempre conservando rastros de la precaria condición de uno de sus progenitores. Estos matrimonios son verdaderos calvarios para el que representa la parte racional, si la pasión o un movimiento desesperante le llevó a consumarlo, y siempre terminan por el adulterio, con todas sus consecuencias de hijos no reconocidos, etc., etc., pues se ofusca de tal modo el entendimiento de la parte racional de la unión, que en vez de compadecer a su compañera, dispensándole la protección y el cariño que toda animalidad requiere, se empeña en colocarla a igual nivel de sí mismo, con lo cual se transforma el yugo en una montaña, las contrariedades en verdaderos conflictos, y el final en una catástrofe. ¡Cuántos y cuántos males se evitaría la sociedad si reconociese y aceptase la existencia real y positiva del intermediario del hombre y del animal!

Vienen después de tantos diferentes ejemplares, y de otros que por brevedad no se manifiestan, los intermediarios poetas, pintores y escultores, es decir, los artistas: a primera vista parece un anacronismo que tan sublime sacerdocio pueda ejercerse por unos seres tan imperfectos; pero cuídese bien de observar que aunque así se llaman (que de algún modo han de llamarse los que muestran conatos de racionalidad en la divina ciencia), no por esto ejercen en la verdadera extensión de la palabra la misión a que se dedican: el número de intermediarios artistas es infinito.

El intermediario poeta tiene por base de su personalidad un ilimitado amor propio: primero Homero, el Dante o Virgilio, después yo; busca a estos genios, porque son los más lejanos; sin embargo, algunos avanzan más: después de Dios, yo; esta idea de sí mismos se trasluce, aunque alguna vez intentan ocultarla, en los más pequeños actos de su vida; el aire protector con que hablan a los demás mortales, les acusa, a primera vista, como ejemplares de la especie. A sus obras las llaman inspiradas, por más que muchos se pasen una noche contando con los dedos las sílabas del verso que hicieron a fuerza de trazos y acomodamientos de verbos y adjetivos, de artículos y pronombres; ellos siempre viven en las regiones de lo ideal, o sea en el paraíso de los tontos.

Éstos, y cuantos de su especie siguen las carreras artísticas, no llevan en su frente la luz inmortal del arte; son como la luna, reflejan a una distancia inmensa los rayos del sol, sin que por eso sientan el calor de su lumbre ni devuelvan la intensidad de sus fulgores: sus obras, fatigoso trabajo de recopilación, donde se amontonan ideas ajenas, pensamientos ajenos y ajeno estilo, son como el ovonibus de los jardines, sirve de marco para que resalten las flores delicadas del cuadro; son el fondo negro de una tapicería, donde se admiran brillantes combinaciones. Como se ve, estos son los intermediarios más inofensivos y, si se quiere, llegan a ser necesarios.

En el teatro, en el taller, en la fabrica y en el asilo, en la cátedra y en el convento, en las academias y en los presidios, lo mismo en las chozas que en los palacios, en las aldeas que en las ciudades, entres las clases más altas y las más bajas, entre los felices y entre los desgraciados, en todas partes y bajo todas las formas, se ven los ejemplares de esta inmensa familia; viven entre el hombre y con el hombre, y abarcan todos los destinos al hombre reservados, llenando con su presencia ese inmenso vacío que existe entre el animal y el racional.

VII

Necesidad del intermediario. Modo de armonizar su existencia con
la del hombre. Fin del cuadro.

Bosquejada a grandes rasgos esa numerosa prole que vegeta sobre nuestro mundo, y trazados sus más principales caracteres, pocas palabras quedan que añadir para llevar a término el presente trabajo.

Existe el intermediario: la naturaleza, todas las ciencias que se derivan de esa madre universal, prueban la existencia de los intermediarios; las páginas de los pasados siglos nos lo muestran siempre, y en toda clase de formas, y al avanzar la vida paulatinamente hacia el todo perfecto, lo arrancó de su lecho de cuarzo y de granito para colocarlo en medio de las actuales generaciones; inútil es negar la existencia de esos seres que ofrecen el paso para llegar a los más superiores: inútil es el suponer que la naturaleza ha formado sus variados tipos como en los moldes de alfarero, e inútil es presentar el coronamiento de la vida en la especie humana sin hacerla ascender por una serie de escalones, en los cuales se detenga breve tiempo antes de posesionarse de su excelso trono. Existiendo el intermediario, ¿se podrá negar la necesidad de su existencia?... imposible: nada hay que huelgue en los grandes crisoles donde se transforman las fuerzas creadoras de la naturaleza; el intermediario es una necesidad para la purificación de la vida, como lo es el malvado y como lo es el loco; al avanzar la humanidad del porvenir, podrá borrar esa necesidad, hoy latente, cuando su perfeccionamiento alcance el grado máximo; pero entonces, forzoso es decirlo, estaremos en Dios; sólo en lo inconcebible coge lo perfecto absoluto, sin relación ninguna, antes y después y siempre, sin espacio, tiempo, ni lugar: ¡jamás se llegará a conseguir esta perfección en nuestro reducido planeta...! El intermediario del hombre es, pues, una necesidad imprescindible de la humana naturaleza.

¿Cómo aparecería el genio sin el concurso del vulgo?, ¿cómo el sabio sin la multiplicación del necio?, ¿cómo el cuerdo sin el estudio del loco?, ¿cómo el virtuoso sin el conocimiento del malvado?, ¿cómo se encontraría al hombre sin la existencia del intermediario?, mejor dicho, ¿en dónde se podría hallar el tipo de la racionalidad humana, en su mayor grado de intensidad posible sobre nuestro globo, si no se viese al intermediario presentar en toscos caracteres los conatos hacia la inteligencia racional?... Al comunicarse con algunos de esos seres nacidos entre el orangután y el hombre: ¡qué poco concepto de sí mismos se formarían los demás mortales, si no hallasen una diferencia esencial entre ellos y las cualidades de aquellos individuos de la zona media!...

Es menester repetirlo: los intermediarios son necesarios: ¿quiere decir esto que sean envidiables o dignos de otro respeto que el que se concede a los seres de los reinos inferiores? De ninguna manera. Admitida su necesidad, la cuestión es armonizar su existencia con la vida social del hombre; para esto basta conocerlos, basta descubrirlos entre las muchedumbres, y no equivocarse nunca sobre su verdadero carácter y sus ineludibles fines; una vez descubiertos, una vez encontrados, la armonía entre las dos especies es facilísima; nada de conatos de redención; el intermediario no puede ascender nunca, tiene que morir en el medio en que nace, de él no puede salir sino por largas y naturales selecciones; querer que alcance a las razas superiores, querer que pase a más alta esfera por medio de la predicación, de la educación o de la ilustración, es lo mismo que intentar que un galgo se vuelva podenco por medio del estudio del latín, o que una cotorra diserte sobre Sócrates enseñándole su filosofía. Al intermediario hay que tomarle conforme es y tratarle como lo que representa; a las sugestiones de su palabra, vacía de sentido, inútil siempre y a veces pérfida, hay que oponer una fina sonrisa y una exquisita educación, cuidando de hablarle sin decirle nada, de escucharle sin procurar entenderle, y de mirarle con el convencimiento profundo del sitio inferior donde se desenvuelve; y si con sus ardides de lagartija venenosa intenta alguna vez morder la planta del hombre, hay que pisarlo sin volver jamás la cabeza a sus alaridos de ira.

Hay además que poner exquisito cuidado en que los oropeles entre los cuales a veces se presenta, bien por el nacimiento o por la fortuna, no trastornen con sus cambiantes el juicio analítico del que le observa, encontrando un paliativo a sus condiciones, en la admiración que causa el puesto que ocupa; en esto es donde se debe poner exquisito cuidado. El intermediario, siempre y en cualquier sitio en que le hayan colocado sus títulos de cuna, sus riquezas o sus audacias, es un ser infinitamente imperfecto e inferior al verdadero hombre, al verdadero racional, que ostenta la alteza en sus ideas y la grandeza en sus actos, al ser dotado de inteligencia superior, cuya alma gira en todas las esferas de la perfectibilidad humana, al ser que toca por un extremo en los más delicados sentimientos y por el otro en las más altas concepciones: siempre y en todos los rangos en que éste colocado, y será el intermediario escalón en el cual apoya su planta la personalidad realmente humana, representada por el ser racional. Todo cuanto se diga sobre este asunto es poco para precaver el daño que ocasiona ese inútil respeto hacia seres en realidad inferiores a los que les rinden culto; nada de concesiones; donde exista el intermediario, sea en la esfera que sea, márquese la línea divisoria que lo separa de la especie humana; y bien ocupe altísimo puesto o atesore fabulosas riquezas, recíbasele con la sonrisa del desprecio y la lástima, y cuídese de que el contacto de su alma embrutecida no manche ni con la sombra la pureza del alma racional.

¿Pueden perturbar las aspiraciones de la vida esos seres nacidos entre la animalidad y el hombre? Jamás. El círculo de su existencia no alcanza más allá de ellos mismos: contaminarán a los que, poco firmes en el convencimiento de la escala ascendente que sigue la vida en sus evoluciones, se dejen seducir por los falsos ideales de la igualdad humana bajo la protección divina; todas estas criaturas, creyendo ver en aquellos rudimentarios seres hombres hermanos suyos, los acogerán disculpando, bien por causa de mala educación o de viciosos progenitores, la incapacidad de su organismo. A estos inocentes idealistas, rayanos muchos de ellos a la zona media, donde se encuentran los intermediarios, les puede perjudicar el contacto de tales seres, llevándolos hacia una atrofia del entendimiento, o estado de imbecilidad, en el cual se asimilan todas las imperfecciones del intermediario: pero a los hombres de sano criterio, a los que avanzan con la antorcha de las ciencias por el áspero camino del progreso, buscando las fuentes de la vida; a los escogidos de Dios que capitanean con firme paso las huestes de la civilización; a los que sienten en los recónditos senos de su cerebro bullir la idea innovadora que ha de arrancar de la región de las sombras algunos átomos de luz; a los que proclaman la grandeza del Creador, fijando su mirada en las nebulosas del espacio y en el colibrí de las selvas; a los que ostentan sobre su frente el sello de la inmortalidad, y graban la huella de su planta en los arenales de la tierra, a esos jamás les llegará la perniciosa influencia de los intermediarios.